「桜、最高！　マジで専属モデルより
カ
」
人だかりができている。その中心にいるのは、桜だ。

CLASS DE ICHIBAN
KAWAII GAL WO EZUKE
SHITEIRU HANASHI
CHARACTERS
香月桜
Sakura Kouzuki
ヒロイン。十五歳。高校一年生。ファッション誌でモデルをしている。カースト上位ギャル系の女の子。義兄の鳳理と同居中で恋人の仲。
百坂ミノル
Minoru Momosaka
十九歳。アニメファンなら名前を知らない人間はいないレベルの実力派人気声優。鳳理や桜もハマっているアニメ『スパイ・ダーリン』にも出演中。

風見鳳理
Houri Kazami
主人公。十五歳。高校一年生。漫画やアニメが好きなオタク男子。真面目。基本寡黙だが、恋人の義妹・桜や友人に対しては饒舌でツッコミ役でもある。
秋野学
Manabu Akino
十九歳。有名大学に通う学生。クールで理知的、ちょっと天然。百坂ミノルとは恋人の仲だが、あまり周りには言えずにいる。

桜の指先が、俺の頬を撫でる。
「そんなこと、もう気にする必要はないんだよ」
その言葉が、胸にしみた。桜の指先の感触に、
俺の顔がじんわりと痺れた。

クラスで一番かわいいギャルを餌付けしている話

白乃友

HJ文庫
1180

目次

口絵・本文イラスト　ぶし

第一章　誰にでも家族にしか見せないLサイズの一面がある

普通《ふつう》の女の子は、秘密の恋《こい》なんてしたがらない。普通じゃない女の子だって、きっとそうだ。

高校に入学してから一か月もすれば、教室での自分の立ち位置も自然と定まる。

「昨日の『スパイ・ダーリン』観《み》たか？　原作の三話の内容やってたんだけどさ、ほら……アナスタシアが燃えてるヘリから飛び降りる前、窓ガラスに映る自分の姿を見ながら髪型《かみがた》を気にするシーンがあっただろ。原作では小さい一コマなんだが、アニメだとタップリ尺取って、マジでヌルヌル動かしててさ……いや、ほんとスタッフ分かってるなって思ったよ。あの場面って、アナの性格が一番出てるところだろ？　これからスカイダイビングってときに髪型なんて気にしても仕方がない。だけど、地上でジェイが待ってくれてることを知ってるから、墜落《ついらく》寸前のヘリの中でも、つい身だしなみを整えてしまう……そんな乙女心《おとめごころ》と、天然入ってる感じがバッキバキに表現されててさ……もう、最高かよって」

俺《おれ》は一気にまくしたてる。

目の前には二人の友達《ともだち》がいる。興奮のあまり長くなってしまった俺の言葉にも嫌《いや》な顔一つしない友達が。

昼休み。教室の隅《すみ》。掃除《そうじ》用具入れのロッカー前は、他のクラスメイト達《たち》の邪魔《じゃま》になることなく三人で駄弁《だべ》ることができる、俺達オタクグループの定位置である。

「鳳理《ほうり》がそこまで言うとはな――」

鳳理。俺の名前。

「――オレはよぉ、『スパイ・ダーリン』ノーマークだったんだが、ちょっと追ってみるか」

「なんでノーマーク？　原作のマンガめちゃくちゃ売れてるだろ」

「オレは流行《はや》ってる作品をあえてマークしないことで自分を個性的だと思いてータイプのオタクなんだよ」

「どんなタイプだよ」

そして、この少し面倒《めんどう》くさいタイプのオタクが、工藤《くどう》ツナ吉《きち》。高校に入ってからできた、俺の友達の一人。痩身《そうしん》で手足が長い……と描写《びょうしゃ》するとモデルか何かのようだが、そういったスタイリッシュさとは無縁《むえん》である。もっとこう、不健康な感じにヒョロリとしている。

他の生き物に例えるなら、どこかカマキリのような印象を与《あた》える男である。トレードマークは、フレームレスの丸眼鏡。

　俺とツナ吉の会話を側《そば》で聞いていた、もう一人の友達が笑った。

「ツナ吉君も見ようよ、『スパイ・ダーリン』。僕《ぼく》も夢中なんだ」

「あぁー、確か菊太郎《きくたろう》、おめーも前に読んでるって言ってたな。原作って今何巻よ？」

「八巻。だけどその前に『ティーンズ・スター』を読もう」

「……なんだそりゃ？」

「原作者のデビュー作。僕は『ティーンズ・スター』からのファンなんだ。『スパイ・ダーリン』は今の段階ですでに名作だけど、この作品を本当の意味で理解するには、作者のデビュー作から追ってる必要がある。初期の作者は、殺しの道具として扱《あつか》われる女の子の苦悩《くのう》だけにスポットを当てる作風をとってたけど、『スパイ・ダーリン』では意識的に、苦悩の先を描《えが》こうとしてる。まず、その歴史を体感しなきゃ。正直、ツナ吉君にはタイムスリップでもして『ティーンズ・スター』の一話が雑誌掲載《けいさい》された日に戻《もど》ってほしいくらいだよ。ねえ、ちょっと次元の裂《さ》け目《め》とかに落ちてきて」

　淡々《たんたん》とした口調の中に存在する確かなパワー。ツナ吉が口をパクパクさせて慄《おのの》く。そんな二人の様子を見ていると、俺は自然と笑顔《えがお》になる。

「お前もお前で、ツナ吉と同じくらいめんどくさいよな、菊太郎」

「失礼な。僕はシンプルだよ。大好きなものに対しては、知識欲と思想を持つべきだと思ってるだけなんだ」

自称《じしょう》・シンプルなオタク。それが六原菊太郎《ろくはらきくたろう》である。俺達が生まれる前から存在する、二〇〇〇年代初期のクラシックなオタク像——好きなものに対する深い知識、収集欲の肯定《こうてい》、爪弾《つまはじ》き者としての自覚をなんとか孤高《ここう》に昇華《しょうか》させようと足掻《あが》く姿勢——に憧憬《しょうけい》を抱《いだ》いている節がある男。俺達三人組の中では、最も落ち着いた人格をしている。話しているとホッとするタイプの友達である。

「七年前のマンガの話もいいが、来週の放送も気にならないか？　……ほら」

俺はスマートフォンを取り出すと、動画サイトにアクセス。画面が見えるように、ツナ吉と菊太郎に向けて差し出す。

「公式が次回予告をネットにアップしてる。……ちょっと見てみろよ」

動画が再生される。

音声が流れてきたため、慌《あわ》ててミュートを押《お》す。近くでは、まだご飯を食べて会話しているクラスメイト達もいる。迷惑《めいわく》をかけないよう、配慮《はいりょ》しなければ。

音声を流せないのは残念だが、アニメーションだけでも十分な迫力《はくりょく》があった。

「どうしよう、僕、来週が待ちきれない」

「くぅー、すげぇなこりゃ。オレ、アニメは配信サイトで見る派なんだけど、最新話の更《こう》新《しん》大体何曜日か分かるか？」

「わーオタク君達キモいー」

なんてことはない、昼休みの風景。だが俺は、幸せな気分だった。

この二人の友人といると、教室の隅でアニメの話をして盛り上がるのも立派な青春の一ページだという気がしてくる。

高校生になって一か月目で判断するのは早計かもしれないけれど、入学前に期待していた『身《み》の丈《たけ》に合った学校生活』を、最高の形で手にしていると俺は感じていた。

これからも、こんな穏《おだ》やかな昼休みを毎日のように過ごせればいい……。

…………。

ちょっと待て。

今、最後に何か悪口を言ったやつがいなかったか？

ツナ吉と菊太郎も気づいたらしく、俺達三人は同じタイミングで、スマートフォンの画面から顔を上げた。

すると、そこには。

「やっほーオタク君達ー。またアニメの話ー？」

げ。

その一文字が口から飛び出しそうになるのを、三人ともなんとか堪《た》えた。

スマートフォンの画面を並んで覗《のぞ》き込《こ》む俺達の隣《となり》に、彼女《かのじょ》はいつの間にかやって来て、一緒《いっしょ》になって動画を視聴《しちょう》していたらしい。

彼女の名は、香月桜《こうづきさくら》。

クラスの中心人物の一人。明るく染めたロングの髪《かみ》、ジェルネイル、右耳には軟骨《なんこつ》を貫《つらぬ》くインダストリアル型を筆頭に、いくつかのピアスが生えている。短めのスカートや腰《こし》に巻かれたカーディガンが、細く美しい足を完璧《かんぺき》に引き立てていた。

だが、どんな装飾《そうしょく》も香月桜の顔立ちそのものの美しさを霞《かす》ませることはない。本人がそれを自覚しているということを、控《ひか》え目なナチュラルメイクが証明しているように思える。

彼女は、クラスメイト達に分け隔《へだ》てなく接する。彼女から一度でも声をかけられた人間は「これほどまでに華々《はなばな》しい彼女から話しかけられたのだから」と、教室の中での自分の立ち位置に関する問題――誰しもが慢性的《まんせいてき》に感じているであろう「学校生活を穏やかに過ごせるのだろうか」という不安――が解消され、どこか晴々とした気分にさせられる。

温かな威厳《いげん》を、香月桜は誰かれ構わず無理なく振《ふ》りまこうとする——。

そんな、キャラなのである。

一生に一度しかお目にかかれないような純粋《じゅんすい》さ……そういった一種の夢を、教室の誰もが彼女に対して抱いているように見えた。

……。

さて、彼女のことを褒《ほ》め称《たた》えるのは、これくらいで十分だろう。

『一種の夢』とやらを抱いているのは、俺達オタクグループの三人組にしても同じことであった。

だが、俺達の場合は、悪夢だ。

彼女のことを、俺達三人も「すごい人だ」と思っている。

だが純粋さというものが時に凶器《きょうき》となることを、俺達三人は入学してからの一か月で存分に学んでいた。

「今見てんのは、ア、ア、アニメの、よ、よ、予告っすよ……ウス！」

ツナ吉の説明に、香月桜が顔をほころばせる。

「もっかい最初から見よーよ。私、さっきは終わりかけのとこしか見えなかったし。……スマホ貸ーしてっ」

「お」

俺の手から、スマホがヒョイと奪《うば》われる。

彼女はネイルされた指で画面を軽《かろ》やかにタッチし、動画を最初から再生する。

そして動画がミュートになっていることに気がつくと……あろうことか音量を上げた。

『来週のスパイ・ダーリンは！』

響《ひび》く萌《も》え声（大人気声優・花見坂《はなみざか》こより）。

目を覆《おお》う菊太郎、がくがくと震《ふる》え始めるツナ吉。

側でご飯を食べていた他のクラスメイト達のグループが、いたたまれなさそうに俺達から目を背《そむ》け、黙《だま》って食事に集中し始めた。

『ダーリン、大変！　首都がテロリストとギャングと海賊《かいぞく》で三つどもえ！　大統領が逃《に》げ出しちゃった！』

「かっわいー！　なにこの子、すっごーい！　戦ってるシーンもかっこいいね！」

香月桜が目を輝《かがや》かせている。

俺、ツナ吉、菊太郎の三人は、先ほど同じ動画を観ていたとは思えないほど表情が死んでいたが。

彼女にとっては、教室の中で自分好みの動画を音声つきで再生するなんて些細《ささい》なことなのかもしれない。

だがカースト底辺な俺らにとって、そんな行為《こうい》は「周囲から生意気だと目をつけられるんじゃないか」と気になって、おいそれとはできないことなのだ。もちろん、今俺達の側には香月桜がいるから「オタクグループがでしゃばるな」というような視線を向けてくる者はいない。それでも、大なり小なり周囲に対して申し訳なさを感じてしまうというか……。

『でも大丈夫《だいじょうぶ》！　こんなときこそ私達の出番だよね！　人を殺さないスパイを目指す優《やさ》しいダーリンの代わりに、反乱分子は私が粛清《しゅくせい》しちゃうんだから！　……えっ、えっ、ちょっと待って、どうしてダーリンが私の邪魔をするの⁉』

「あ、今おっぱい揺《ゆ》れた！」

香月桜が、画面に映るヒロイン……アナスタシアを指差しながら嬉《うれ》しそうに言った。

ツナ吉と菊太郎の背筋が凍《こお》った。俺自身も、胃のあたりがキュウと縮むような思いだった。

ツナ吉が頭の後ろを五本の指でせわしく搔《か》きながら答える。

「えっ、今揺れ、揺れてましたっ?……気づかなかったなー……あ、でも、ちょっと揺れたかなって感じっすね、自分的には!」

震度《しんど》二の地震《じしん》の後みたいなコメントだった。

俺達は基本、女子と接し慣れていないタイプのオタクである。カースト上位の女子からの下ネタの捌《さば》き方なんて、誰も知らないのだ。

『果たしてダーリンに、この私の暴走を止められるのか! 来週もお楽しみに! この次も、シークレットサービス、シークレットサービスぅ!』

動画が、終わった。

長い一分だった。

香月桜は、自らが所属するカーストトップのグループに囲まれているときと変わらない

テンションで、話し続ける。

「めっちゃ面白《おもしろ》かったー！　私普段《ふだん》こういうの全然見ないからさー、オタク君達と一緒にたまにちょっと見るの、ほんと好きー。アナスタシアちゃん、だっけ？　可愛《かわい》かったねー！　ていうかエッチすぎじゃない？　おっぱい、太もも、それを包むミニスカウェディングドレスみたいな格好もエロい、私ああいうの大好き！　ときどきアナスタシアちゃんが頭にのせてる変な生き物も可愛かったー。なんて言うんだっけ、アングラウサギ？　あの子も戦うのかな、それとも武器にするの？」

「アンゴラだ」

　彼女の弁舌《べんぜつ》がピタリと止まる。

　ツナ吉と菊太郎が、彼女の言葉を遮《さえぎ》った俺を驚《おどろ》いた表情で見つめている。二人の顔には「やめとけ」と書いてあったが、俺は構わず続ける。

「アンゴラウサギ。綿菓子《わたがし》みたいな外見をした、長毛種のウサギだ。古い歴史を持つ品種で、愛玩《あいがん》目的の他、その毛を刈《か》りアンゴラウールとして利用するために世界中で飼育されてきた。名前にアンゴラとついているからアンゴラ共和国の原産だと誤解されやすいが、実際の原産国はトルコだ。………アングラウサギだと、ブラックマーケットで取引されてるみたいだろ」

俺が彼女の言葉を遮ったのは、さすがに頃合《ころあ》いだと思ったからだ。

これ以上、彼女からの無邪気《むじゃき》なトークが続けば、俺達三人は干上《ひあ》がってしまいかねない。

香月桜はわざとらしく頬《ほお》を膨《ふく》らまし、唇《くちびる》を尖《とが》らせながら、俺の前に立った。

距離《きょり》にして三十センチも離《はな》れていない。大抵《たいてい》の男性が相手を思わず意識してしまうような、パーソナルスペースの詰《つ》め方《かた》である。

彼女は女の子としては身長が高い。俺の顔のすぐ下から、こちらの顔面を睨《にら》みつけてくる。

「出たな！　一番生意気なオタク君！」

「出たも何も、最初からいたが。というか、そもそものスマホは俺のだ」

彼女の手の中から、俺はスマホを奪い返す。

「『スパイ・ダーリン』は確かに、香月さんの言う通り、キャラクターの……その、いわゆるセクシーな感じの描写で人気を博している側面もある。でもそれだけじゃ、連載《れんさい》してから一年で百万部も売れるヒット作にはならない。スパイの女の子の初恋《はつこい》と、それに伴《ともな》う葛藤《かっとう》、失うものが何もなかった時代が彼女の中で終わっていく過程を丁寧《ていねい》に描写しているからこそ、大勢の人の心を掴《つか》む。後で監督《かんとく》のインタビューのＵＲＬ送ろうか？　……あー、その、待て、今のは、この後また話したいとか、そういう約束を取りつけようとしてるわけじゃなくってだな……その……」

次第《しだい》にしどろもどろになっていく俺の背中に、ツナ吉と菊太郎の心配げな視線が刺《さ》さるのを感じる。

一方、香月桜は、不敵な微笑《ほほえ》みを浮《う》かべる。目の前のオタクが勝手に自滅《じめつ》したと見て自らの優勢を確信したかのような態度である。

「オタク君は本当に、アナスタシアちゃんが好きなんだね。でもさぁ」

指の先で、俺の胸板《むないた》を突《つ》いてくる。スマホの画面をタッチしていたときより、ほんのわずか乱暴に。

「アナスタシアちゃん、主人公の男の子が好きなんでしょ？　なのにどうして、そこまで夢中になるの？　勝ち目ないじゃん、オタク君。それに、ダーリンとか言ってくれる女の子、今どき現実にいないよ？　たぶん昔もいなかったよ？　アニメもいいけど、オタク君さぁ、もっと現実の女の子に興味持って勉強したほうが絶対いいよー。…………オタク君みたいな男子でも好きになってくれる人が、世界中に一人くらいはいると思うからっ」

…………。

完敗だった。彼女は俺に対し、楽しい会話を邪魔してくれた意趣《いしゅ》返しを完璧に成《な》し遂《と》げたのち、離れていった。呆然《ぼうぜん》とする俺達三人を残して。

去り際《ぎわ》、彼女は一度だけこちらを振り返ると、アッカンベーを繰《く》り出してきた。その後は何事もなかったように、自らの所属する一軍グループ、キラキラした連中の輪の中に戻っていく。グループの中の一人、背の高いサッカー部の男子が彼女に声をかける。「何かあったの？　まさか、風見君《かざみ》と喧嘩《けんか》じゃないよね」──風見は俺の苗字《みようじ》だ。──「べっつにー。仲がいいからじゃれあえる、みたいな感じ！」。

その会話を、恐《おそ》らく教室中が盗《ぬす》み聞いていた。

直後、教室内の空気がどこか弛緩《しかん》したものに変わり、いつもの昼休みの空気が戻ってきた。

渦中《かちゆう》にいた俺は察知していなかったが、どうやらクラスメイト達も、香月桜がオタク男子を詰めている構図に不穏《ふおん》なものを覚えていたらしい。別に俺を憐《あわ》れんでくれていたというわけではないだろう。人気者で友達の多い香月桜の機嫌《きげん》が損《そこ》なわれると、何かしらのとばっちりが自分にもあるかもしれない──家庭において親の機嫌が、小さな子供の一日を良いものにも悪いものにも変えるように──きっとクラスメイト達は、そんなことを気にしていたのだ。

ツナ吉が呟《つぶや》く。

「ひぇーっ、今日は、香月さんが話しかけてくる系の日だったかー」

その一言は、俺と菊太郎の気持ちも代弁するものだった。

香月桜は、週に二、三回くらいの頻度《ひんど》で、教室の隅にいる俺達に話しかけてくる。

そうすると大概《たいがい》、今日のような流れになる。俺達が教室の隅でコソコソと行っていたオタクトークがクラス全体に聞こえるボリュームまで拡大され、俺達はいたたまれない思いをする（今日のように、俺が矢面《やおもて》に立って荒《あ》れた感じに終わるのは珍《めずら》しいことだが）。

困ったことに、彼女のほうに何も悪意がないことが分かっているから、誰も注意できない。ツナ吉や菊太郎も、心の底から拒絶《きょぜつ》できない。

俺に対し「現実の女を見ろ」と言い放った彼女だが、アニメやマンガなどのオタク趣味《しゅみ》自体を否定するような人柄《ひとがら》ではない。キモイ、と口にするのも、香月桜にとっては親愛の表れ。仲がいいからこそ行えるドS風いじり。

「まっ、役得っちゃ役得じゃね？　香月さんみたいな美人、普通はオレ達みたいなのに話しかけちゃあくれないぜー！　最近気づいたんだけどよぉ……香月さん、自分の友達グループの男より、オレ達と話してるときの距離感のほうが、なんか近くねーか？」

「僕ら、男だと思われてないからじゃないの」

「男扱いされなくて得するってぇこともあるもんなんだなー」

ツナ吉……しみじみと頷《うなず》くようなことじゃないだろ。

教室の中心で本来の友人達と楽しそうに会話している香月桜を横目に、ツナ吉と菊太郎は話を続ける。

「『ダーリンなんて今どき言わない』かー。今どき言わない、っていえばよぉ。ギャルって言葉、知ってるか？　昔は香月さんみたいな派手な女子のこと、そう呼んでたらしいぜ。モボとかモガみたいに」

「もちろん知ってるよ。オタク界隈《かいわい》じゃ、まだキャラクターの属性を表す現役《げんえき》の言葉だもん」

「そうそう！　……その観点でいくとさ……実はオレ、香月さん、結構いいと思うんだよなー」

「…………もし香月さんがマンガとかアニメのキャラクターだったら人気になりそう、ってこと？」

「同人誌買っちゃうかもなぁっ！」

菊太郎がツナ吉に、ゲスを見るような視線を送った。それを受けたツナ吉が、わざとらしく身をよじる。

「香月さん、僕らに一生恋人《こいびと》ができないことを自信満々に保証してくれるけど、意外なことに自分も恋人作らないんだよね」

この学年では有名な話だった。

香月桜は美人だが、どんな優良物件の男子がアプローチしても決してなびかないという噂《うわさ》だ。

誰かから告白された際の彼女の返事は、いつも一緒。

『ごめんね、私、お兄ちゃんのことしか考えられないから』

香月桜自身は、この台詞《せりふ》が「今は勉強に集中したい」「部活動に真剣《しんけん》に取り組みたい」といったお決まりの断り文句と同様に、すんなりと相手に受け止めてもらえるはずだと信《しん》じ込んでいるらしい。

だがもちろん、この台詞を聞いた男は皆《みな》、一様に目が点になる。そして若干《じゃっかん》引いた面持《おもも》ちで、彼女の前から気まずそうに、そそくさと逃げ出してしまうそうだ。

入学してから一か月で、「この噂はどうやら真実らしい」という共通認識《にんしき》が学年中で持たれつつあった（つまり、それだけ多くの男が彼女に挑《いど》んで玉砕《ぎょくさい》したということである）。

「ブラコンのギャル、ね。確かに創作っぽいかも。僕も一生、二次元だけを恋人にして生きるつもりだから、リアル恋愛《れんあい》には興味ないけど……『恋人作らない』って同じ台詞でも、香月さんと僕じゃ、他人への説得力がやっぱり全然違《ちが》うなぁ。『作らない、じゃなくて、作れないだけでしょ』。中学生時代、クラスメイトから二百回は煽《あお》られたよ」

「くぅー、羨《うらや》ましいぜっ。生まれつき香月さんの兄ってぇだけで、あんな可愛い妹から好き好き言ってもらえるなんてなぁっ」

「いくら血の繋《つな》がったお兄さんって言っても、並大抵《なみたいてい》の凡夫《ぼんぷ》じゃ香月さんにあそこまで気に入られないはずだよ。……高確率でアイドル並のイケメン、スポーツ万能《ばんのう》、有名大学に通っててコミュニケーション能力抜群《ばつぐん》、人望もあって、ファッションセンスも備えてて、キラキラしてて……絶対音感とか持ってるかも。それで後は……靴下《くつした》を裏返したまま洗濯《せんたく》機《き》に入れたりもしない、とか？」

「そーんなやつ、現実にいてたまるか！　でも…………いるん、だろうなぁ……ったくチクショー、リアルは厳しいぜ」

掃除ロッカーに背中を預けながら、菊太郎とツナ吉の会話に耳を傾《かたむ》ける。

会話のテーマが香月桜からアニメの話に戻るのを、俺は黙って待っていた。

ツナ吉が勢いよく、俺に向かって振り返る。

「ああっ！　オレ、すげえこと思いついちまったぁっ！　新ジャンル『オタクに厳しいギャル』ってどうだ鳳理！」

「多分それ普通のギャルだぞ」

学校の最寄《もよ》り駅から池袋《いけぶくろ》まで出て、そこから更《さら》に二回乗《の》り換《か》えると、俺と同じ学校の制服を着ている人間は他にいなくなる。

いつもの放課後。いつもの帰宅ルート。

自宅の最寄り駅、『四乃花町《しのはな》』で下車すると、気分がオンからオフに切り替《か》わる気がする。リラックスした足どりで、駅を出る。夕暮れどきの駅前には、スーツを着た会社員より、すぐ側の商店街から流れてきた買い物途中《とちゅう》の主婦や、大学生のグループが目立つ。その間をすり抜《ぬ》け、商店街へ。

靴屋《くつや》、鍵屋《かぎや》、ネットカフェ、居酒屋、中華《ちゅうか》料理屋……人の出入りが激しい店もあれば、寂《さび》れた店もある。

俺は、ある店の前で立ち止まった。

『デイリーシロボシ』

俺のいきつけのスーパーマーケットだ。

俺が暮らす家には、親がいない。

だが、一人暮らしというわけでもなく、同居人が一人いるにはいるのだが、その人物は料理を一切《いっさい》してくれないため、日々の食事を用意するのは全て俺の役目である。

だから学校帰りには、スーパーで買い物して帰ることが多い。

入店。入り口付近にある野菜売り場の優しい匂《にお》いに出迎《でむか》えられる。

冷蔵庫の中身を思い出しながら、店内を回る。

買い物カゴの中が順調に埋《う》まっていく。いつもの卵、二番目に安いブランドの六枚切り食パン、切れかかっていたオートミール、同居人が気軽につまむからすぐなくなるミニトマト……。

鮮魚《せんぎょ》のコーナーで、パックに入れられた赤魚の切り身を手に取った。久しぶりに煮《に》つけでも食べたいような気分が湧《わ》いてくる。このスーパーは赤魚の切り身を三切れ一パックの形態でしか売ってくれないので、二人暮らしだと絶妙《ぜつみょう》に食べにくいのがネックである。今度、店の意見箱に「一パック二切れで売ってくれませんか」と投書してみようか……店員さんの迷惑になるだろうか。

途中、腰の曲がったおばあちゃんから鶏《とり》モモ肉のパックを突きつけられ「百グラム何円するのか見てくれないかい？　この年になると細かい字が見れなくてねぇ」と頼《たの》まれたため、バーコードの下に印字された数字を読んであげた。

レジに並ぶ。レジ横の四角い柱が鏡張りになっている。買い物カゴを手にした自分が少し猫背《ねこぜ》になっているような気がして、俺は姿勢を正した。鏡の中の男も、当然だが同じ動きをした。

我ながら高校生っぽくない男だ、と思う。

つまり、ブレザーのボタンを一番上まで留め、ヘアスタイルで遊んでいる気配も全くなく、指定のスクールバッグを背負った……一見マジメに見えるこの風貌《ふうぼう》が、実際には高校生のアイコンたりえないことを、俺は知っている。

本当の意味で高校生らしい高校生というのは……例えば、うちのクラスの中心にいるグループ。学生服に己《おのれ》の個性を臨界点まで組《く》み込んで着崩《きくず》した者達こそが、世間から見ても「若者らしい」と明るく受け入れられるのである。きっちりと制服を着る、という行為が、決して少なくない人達から「逆に怠惰《たいだ》では？」といった印象を抱かれるのだということを、忘れてはならない。

スーパーを出たところで、俺は大きく伸《の》びをした。日常に必要な物資を手に入れた、というささやかな充実感《じゅうじつかん》に満たされる。俺は刹那《せつな》的《てき》な散財は嫌《きら》いだが、日々の買い物をこなすのは結構好きだった。

買い物袋《ぶくろ》片手に商店街を通り抜け、そこからさらにしばらく歩くと、ソウルラブ四乃花という名前の、十二階建てのマンションに辿《たど》り着く。

オートロックの鍵《かぎ》を開け、エレベーターに揺られ、十階に到着《とうちゃく》し、部屋の前へ。

1008室。俺の住む家である。

ドアを開け、本日もはるばる帰宅。

まず、キッチンに買い物袋を置く。続いて自室で学生服を脱《ぬ》ぎ、ラフなTシャツとジャージに着替《きが》える。その後、買い物袋の中身を冷蔵庫の中に収めた。

リビングのテーブルの上に置いていたスマホが震える。同居人からの連絡《れんらく》だった。今日は友人達と遊ぶので帰るのは七時くらいとのこと。了解《りょうかい》と返事を打つ。

部屋で宿題、授業の予習と復習をこなしていると、あっという間に六時四十分を回った。

自分の肩《かた》を揉《も》みながら、俺はキッチンに立つ。同居人の帰宅する時間に合わせて、晩御《ばんご》飯《はん》を拵《こしら》えるつもりだ。

三ツ口コンロを前にすると、自然と気分が高揚《こうよう》する。

シロボシで買い物をしているときから、献立《こんだて》は決めていた。

赤魚のパックから二切れ取り出し、皮面を上にしてフライパンの上へ。包丁の切っ先で、皮に十字の切り込みを入れていく。その上に、まず砂糖を大さじ一杯《ぱい》。次は、その砂糖を崩《くず》すみたいに茶碗一杯《ちゃわんいっぱい》分の水。続いて、醤油《しょうゆ》、酒、みりん風調味料を大さじ二杯ずつ。そしたら後は中火にかけるだけ。

続いて、副菜に取り掛《か》かる。……いや、副菜というか、もはや二品目の主菜というか。

長ネギをまな板の上で一口大に切った後、ひとまず皿によけておく。鶏モモ肉一枚分を同じく一口サイズに切った後、塩コショウをし、油を引いたフライパンの上で適当に炒《いた》めていく。同居人のためのメニューだ。ガッツリとした肉が食卓《しょくたく》にないと、同居人は不機嫌《ふきげん》になるタイプの人間なのである。鶏モモ肉に焼き色がついてきたら、長ネギを投入。

赤魚を煮込《にこ》んでいるフライパンからの香りが強さを増していく。砂糖、醤油、魚の脂《あぶら》が混ざった、甘じょっぱくコッテリとした香りに、軽い陶酔《とうすい》を覚える。

さて、もう一品……汁物《しるもの》は簡単に済ませよう。雪平鍋《ゆきひらなべ》にブロッコリーを食べたいだけぶち込み、椀《わん》二杯分の水を入れ、白だしを適当にトポリと垂らす。後は沸騰《ふっとう》させれば、ブロッコリーの吸い物の出来上がり。

それぞれの料理は完成し、盛りつけられるのを今か今かと待っている。

後は同居人が時間通りに帰ってくるだけだ。

リビングの時計は、六時五十八分から五十九分へと長針を進めた。

玄関《げんかん》のほうで、鍵の差し込まれる音がした。同居人が帰ってきたのだ。

「たっだいまー！」

ドアの開く音をバックに、彼女の声が響く。

玄関からリビングまで彼女が歩いてくる短い間に、俺は軽く手を洗い、タオルで拭《ふ》いた。

軽い足取りで、香月桜がリビングへと入ってくる。

キッチンに俺の姿を見つけると、手を広げながら近づいてくる。

「ただいまのハグー」

「はい、おかえりなさい」

桜が俺の胸に飛び込み、背中に手を回してくる。

俺も抱《だ》きしめ返す。教室で彼女が俺に詰め寄ってきたときより、さらに近い距離。自分の顎《あご》のすぐ下に、桜のうなじが見える。ちょうど、俺の自然な鼻息が当たりそうな位置関係。俺は呼吸のペースを、ほんのわずか、ゆっくりと落とす。ここまで、毎日のルーティーンのようなものだ。

「さぁ、着替えておいで。その間に、ご飯の準備を済ませておくから」

俺は彼女を抱きしめている腕《うで》を解く。

だが、桜は俺の胸元《むなもと》から離れようとはしなかった。

上目遣《うわめづか》いをしながら、俺に抗議《こうぎ》する。

「いつもながら、そっけないなー。頭くらい撫《な》でてくれてもいいんじゃない？　カワイイ妹が今日も無事に帰って来てくれたんだからさ。『あんま遅《おそ》くまで出歩いて心配させせんな……お前は俺のもんなんだからな』とか」

「ごめん、俺そういう少女マンガのハイスペ男子みたいな台詞、絶対に言えないから」

「家でくらいスパダリやってもバチは当たらないと思うけどなー。……あ、今のスパダリは『スパイ・ダーリン』じゃなくて、スーパーダーリンのほう。家の中でくらい、一回思い切って内スパダリしてみようよ！」

「内弁慶《うちべんけい》みたいに言うなよ」

「むー。これは妹としてじゃなく、恋人としての頼み！」

桜の頭に、手を置く。軽く撫でてやると、

「……よくできました」

ようやく彼女は俺の側から離れてくれた。

そして、制服から部屋着に着替えるため、自室へと歩いていく。

リビングから出る前、思い出したように桜はこちらを振り返って、言った。

「……お魚をお醬油で煮てるときの匂いっていいよね。玄関のドア開けた瞬間《しゅんかん》、最高って思っちゃった」

「肉もあるぞ」

「もっと最高！」

桜が部屋に引っ込んだのを確認《かくにん》した後、俺はシンクで、もう一度手を洗った。桜が見て

いたら「私を撫でた手をすぐ洗った！」などと怒《おこ》ったかもしれない。

しかし、清潔な手で食卓につくことは万国《ばんこく》共通のマナーである。


何がどうなってんだよ。

今しがたの俺と桜の会話を誰《だれ》かに聞かれたとしたら、そんなツッコミが返ってくるかもしれない。

分かりやすく解説する。

その一。俺と桜は、兄と妹である。

その二。そして恋人同士でもある。

その三。で、一緒に暮らしてる。

これだけだ。

そして、その辺の事情を友達や教師などの学校関係者には秘密にしている、というわけである。学校での俺と桜は、周囲に関係がバレないように演技しているのだ。

どうしてこんなことになっているのか、ということまで話すとすれば……俺達《おれたち》の中学時代にまで遡《さかのぼ》る必要がある。

あのころの俺《おれ》と桜は、東京でなく、とある地方の中学校に通っていた。

中学二年生に進級した際、クラスメイトになった。年度の初めに教室内での席が前後の関係であったことから一度だけ……ほんの一度だけ言葉を交《か》わしたが、それ以降は会話したこともなく、他人と言っても差し支《つか》えないような間柄《あいだがら》だった。

転機が訪《おとず》れたのは、中学二年生になってしばらく経《た》った後のことだった。

俺と桜は、運命の力業《ちからわざ》みたいな縁《えん》で、一気に仲を深めることになる。

女手一つで俺を育ててくれた母親と、男手一つで桜を育てていた父親が、たまたま仕事を通じて知り合い、恋《こい》に落ちたのである。

恋に落ちた二人はそう時間を置かずに、お互《たが》いのことを、人生を共に歩むパートナーのような存在だと確信した……。

俺と桜は、お互いの親に連れられ、ある日いきなり引き合わされた。

『お前達二人は今日から義理の兄妹《きょうだい》のようなものなのだから、仲良くするように』、そう宣告された（俺のほうが桜より三日だけ誕生日が早いため、兄ということになった）。

教室では顔を合わせる程度で、ほとんど会話したこともなかった俺と桜は、本当に面食らった。

……「人生を共に歩むパートナーのようなもの」「義理の兄妹のようなもの」。

この、どことなく中途半端《ちゅうとはんぱ》な言い方が、ミソだ。

というのも、母さんと桜の父は、愛こそ誓《ちか》い合ったものの……再婚《さいこん》はしなかった。

二人とも、前の結婚《けっこん》相手に思うところがあったらしく、制度上の婚姻《こんいん》関係というものに忌避感《きひかん》を覚えていた。形式に縛《しば》られず、もっと自由に愛し合う形で支え合いたい。それが二人の希望だったのだ。

思春期ど真ん中の俺と桜は最初こそ驚愕《きょうがく》したものだったが……引き合わされた後しばらくは、意外にも変《か》わり映《ば》えのない日々が続いた。

というのも、母さんも、桜の父も、「四人家族になって、一つ屋根の下で」などとは言い出さなかったからだ。

俺は相変わらず母さんとの二人暮らしで、桜も父親と二人暮らし……生活は以前と同じままだった。ときどき母さんは俺に、良治《りょうじ》さん——桜の父の名前——と上手《うま》くやれているることを報告してきた。それだけ。

そういった日々が終わりを告げたのは、中学二年の終わり。

紆余曲折《うよきょくせつ》の結果というか、単純接触《せっしょく》効果だけでは説明できない、ある意味中学生らしいやり取りを経たのち、俺と桜は恋愛関係になっていた（交際が始まってすぐ、母さんと良治さんには報告した。だが今と同じく、学校の友人達などにはカミングアウトはしなかった)。

　俺と桜の仲が「二人だけの世界に行きたいね」「ねー」的な、カップルらしい会話をするまでに深まりつつあった、ある日のこと。

　俺の母と良治さんが突然《とつぜん》、イタリアに移住したいと言い出した。スーツ職人である俺の母はナポリスタイルを学ぶため、昆虫学者《こんちゅう》の良治さんは外国の昆虫を本格的に研究するため、欧州に渡《わた》りたいのだという。

　本当はもっと前から海外に拠点《きょてん》を置きたかったらしいのだが、中学生だった俺と桜を振り回したくないということで、延期になっていたらしい。だが高校生にもなれば「イタリアについてくるか」それとも「日本に残って暮らすか」と迫《せま》っても大丈夫だろうと考えた母さんが、良治さんを説得してしまったそうだ。

　俺と桜は、日本に残ることを選んだ。母さんと良治さんが借りてくれた都内のマンションの一室で同棲《どうせい》を始めた(ちなみに俺の書類上の住所は、母が都内にオーナーとして所有しているアパートの一室ということになっている。このおかげで、学校には俺と桜が一緒に暮らしていることが露見《ろけん》していない)。

　俺は桜と一緒の学校に進学したいと望んだ。桜は、俺よりもさらに強く望んだ。晴れて同じ高校に合格し、無事二人揃《そろ》って上京したのが、今年の三月。

入学してからは、クラスメイト達に俺達の関係がバレないよう、教室では他人の振り。

家の中では、安定期の恋人であり仲の良すぎる兄妹。

二重生活。

俺と桜の二人暮らしは、まだ始まったばかりである。


「お魚の煮つけ、おいしー！」

「ああ。家で煮ると魚の身が反りがちなのが気になるけど、味はいい」

「鶏モモと長ネギのこれ、私好きだなー。焼き鳥のネギマの、串《くし》に刺してないやつって感じ！」

「鶏の旨味《うまみ》がネギに絡《から》んで、いいよな、これ。俺も好きだ。ネギをフライパンに入れるタイミングだけ気をつければ簡単だしな」

「スープのブロッコリーもやわらかくて、おいしー！」

「な。最近知ったんだけど、スーパーで売ってる冷凍《れいとう》のブロッコリーって、工場で一回茹でてるんだってさ。扱《あつか》いやすくて助かる」

ダイニングテーブル。

二人での夕食の時間。

桜は見た目こそスラリとしているが、外見に反してよく食べる。そのニコニコとした表情を確かめると、俺はようやく料理が本当に完成したような気分になって、一息つく。

いつものように、色んなことを話した。

同じ学校に通い、同じ教室で授業を受けていても、俺と桜の生きている世界は全く違う。桜からもたらされる話題は、俺にとっていつでも新鮮《しんせん》に映る（「サッカー部の大谷《おおたに》君いるじゃん？　今度、レギュラーの座を賭《か》けて先輩《せんぱい》とＰＫ対決するらしいよ。イベント部がワンドリンク制千二百円でチケット売るんだって」「京子《きょうこ》ちゃん、今度バスケ部の先輩に告白するって宣言してた。その宣言を人づてに聞いた先輩が『俺にはもう彼女《かのじょ》がいる』って宣言し返してた」「帰ってくる途中、下のエントランスでさ、秋野《あきの》さんとたまたま会って挨拶《あいさつ》したよ。百坂《ももさか》さんも一緒《いっしょ》だった。そのままエレベーターに三人で乗ったんだけど……あの二人、エントランスまでは他人同士みたいに目も合わせてなかったのに、エレベーターのドアが閉まった瞬間、指を絡め始めちゃってさぁ……私、一人で気まずかったよー。で、見かねた百坂さんが空いてるほうの手をなんでか私の右手に絡めてくるのね。三人でおてて繋いで十階に降りたんだけど、なんだったたんだろ、あの時間……」）。

俺と桜は、学校、そして自宅と、一日のうちの大部分を同じ空間で過ごしている。

しかし、こうして二人で一日を振《ふ》り返っていると、俺の気づかなかった日常の側面が鮮《せん》明《めい》に照らされる。日中の時間を他人の二倍過ごしたような、不思議な充実感。

それにしてもさ、と桜が口を開く。

「今日の昼休みは、傑作《けっさく》だったなー、お兄ちゃん。教室ではさ、私が明るい系グループの女子で、お兄ちゃんは絵にかいたようなオタク、みたいなキャラで行くって話だったでしょ？　私からお兄ちゃん達に絡んでいくのはアリだけど逆はナシ、みたいな感じでこれまできてたのに、今日はお兄ちゃんのほうからグイグイ来てくれるから、私、嬉しくなっちゃった」

「ああー……あれな。いや正直、今日のお前は少しライン越《こ》えてるんじゃないかと思ったんだよ。あれ以上迫られると、クラスの他のやつらから変に思われてたんじゃないか？『誰にでも優しい香月桜が、どうしてあのオタクグループにだけは空気読まずにガンガン行くんだろう』みたいな感じで」

「うーん、やっぱりそうかなー。でも私的には、まだ全然大丈夫だと思うけど。私とお兄ちゃんみたいな二人が恋人ってこと自体、他の人達からしてみれば『そもそもありえないし考えらんない』みたいな扱いだと思うから、結構大胆《だいたん》でも問題ナシじゃない？」

「確かに、そうだが。……あ、思い出した！　お前、去り際に『オタク君みたいな男子でも好きになってくれる人が、世界中に一人くらいはいると思うから』って言ってたろ。あれ、『後藤《ごとう》さんは鬼嫁《おによめ》』の名台詞《めいぜりふ》だよな。ツナ吉《きち》と菊太郎《きくたろう》は勘《かん》づいてなかったみたいだが、さすがにアウトだろ。俺と違って、お前は隠《かく》れオタなんだから」

「あー……そうだね、お兄ちゃんの言う通り、あれは私が調子に乗っちゃったかも……ごとおに、私も大好きだから、つい口から出ちゃった……気をつけます……」

しょんぼりとした表情を見せながらも、桜は鶏モモをヒョイヒョイと軽快なペースで口に運んでいく。俺は吸い物で唇を潤《うるお》す。

「まあ、今日のところはお互い様《さま》、じゃないか？　俺が柄《がら》にもなく言い返したせいで、結果的に注目を浴びる流れになったしな。思い返せばむしろ、俺のほうがもう少し考えて振《ふ》る舞《ま》うべきだったよ」

「うん。でも……」

俺は長ネギを口に運んだ。我《わ》が家《や》の料理に用いられる具材は、全て桜の小さな口に合わせてカットしている。そのため男の俺が箸《はし》でつまむと、なんとなく必要以上に自分がお上品になってしまったような気分になる。

「秘密の恋がいい、って言い始めたのは、私のほうだしさぁ」

くったりとしたブロッコリーが、桜の口の中へと消えていく。続いて彼女は、鶏モモへと箸を伸ばす。一目見て「ああ、塩コショウだけで味つけしてるな」と分かる白っぽい肉のかけら、その素朴《そぼく》な美しさは、部屋着の彼女によく似合っている。

「…………秘密の恋のままで大丈夫《だいじょうぶ》なのか？」

「ん？」

「俺はまだ、教室でも自然に過ごしてるつもりだが……桜は、このままで本当にいいのか？ 演技してるの、負担になったりしてないか」

桜は困ったように笑う。

「お兄ちゃんが心配してるほど、負担じゃないよ。私は、秘密の恋のままがいい。もし、学校のみんなに、私達のことがバレちゃったとするじゃん？ それで、友達とかからお兄ちゃんのこと聞かれたら私、本気で嫌《いや》な顔して『うるさいなー』って言い返しちゃうと思うよ。絶対、抑《おさ》えらんない。お兄ちゃんみたいなザ・オタクと付き合ってると私の価値が下がるとか、お兄ちゃんに向かって『調子乗るな』とかウザイこと言ってくる人、何人かは絶対出るでしょ？ ……あー、想像しただけでブン殴《なぐ》りたい！ お兄ちゃんと私のこと、誰にも知ってほしくないの。だから教室の誰とも、これからも本音で話すとかはないかなぁ」

「……そうか」

学校で桜は友人達に、いつも明るい笑顔《えがお》を振りまいている。だが、その内心で、彼女は常に、友情の鮮度《せんど》、寿命《じゅみょう》、機能……そういったステータスだけに注目していることを、俺は知っていた。青春という言葉を象徴《しょうちょう》するがごとくキラキラとしている友人達に対して、桜はなんの感情も持っていなかった。そしてそのことを、俺に対してだけは開けっ広げ……とまではいかないまでも、特に隠そうともしない。

桜の台詞に対し、俺は軽く相槌《あいづち》を打つにとどめた。

友情の在り方を決めるのは桜の自由だと、俺は前々から納得《なっとく》している。

彼女の選んだ生き方。あるいは、かつての人間関係を経て選ばされた生き方。俺にできるのは、彼女に寄り添《そ》うことのみである。

「バレたくないって言うわりには、教室で声かけてくるよな。それがキッカケで周りに勘づかれるかもしれないぞ。そもそも教室で話さないようにするという選択肢《せんたくし》は」

「は⁉　ありえないんだけど！　お兄ちゃんとせっかく同じ教室にいるのに、全然話せないなんて嫌じゃん！　だから教室では、みんなに分け隔《へだ》てなく話しかける感じのキャラやってるの。これなら週に何回かお兄ちゃんのとこ行っても、誰もなんとも思わないし」

驚《おどろ》くべきことに桜は、学園生活を不自由やトラブルなく送りつつ、一生に一度しかない高校一年という時間を俺と教室で楽しく過ごすにはどうすればいいか、という点のみを気にして、学校ではキャラ作りをしているのである。その結果、一軍グループに所属し誰に対しても明るく声をかける女子、という立ち位置にサクッと収まってしまった。収まれて、しまった。

ふと気になって、

「俺のどこが好きなんだ？」

聞いてみた。箸を動かす桜の手が、止まった。

「珍しい質問だね。……全部」

「全部以外」

「えー」

桜は箸を箸置きに一旦《いったん》置くと、目を閉じ、腕を組み、思案する。

思わず俺も箸を止め、背筋を正してしまう。

自然な会話において発生する沈黙《ちんもく》の域を超《こ》えて、彼女は黙《だま》り込《こ》んだ。

桜が、目を開いた。

「どうしてそんなこと聞くの？」

桜が言った。「質問に質問で返すなよ」と指摘《してき》することもできたが、俺はひとまず、彼女からの問いかけに答えてみることにする。

「……桜とも、ずいぶん長く一緒にいると思ってな」

「中学のころからだもんね」と桜が相槌を打つと、俺はにわかに、その後に続けるべき言葉に困ってしまう。

「どうして俺のことが好きなのか」という言葉は、なんとなく俺の口から飛び出したものだ。夕食時の何気ない雑談の中で生まれた言葉であって、特別な意味はない。この言葉から、何か神妙《しんみょう》なシチュエーションが生まれるはずはない。

しかし、いざ口にしてみると、どうしても桜の口から俺のことを好きな理由を返答してもらいたいという気分になった。

だから今、桜からの「どうしてそんなこと聞くの」に対し、「なんとなく」と答えたくはなかった。

「……中学から高校に、環境《かんきょう》が変わったからだと思うが……俺達の関係を、ときどき無意識に俯瞰《ふかん》して考えてしまうんだ。……自分でいうのもなんだが、同じ場所にいることはできても、出会うことはできないような二人だ。だろ？」

「どういうこと？」

「同じ教室で勉強しているクラスメイトでも、一年間ほとんど口をきかないで終わってしまう相手もいるだろう？　俺と桜は一般論《いっぱんろん》で言うと、そういう関係にしか見えないはずだ」

「そんな寂しいこと言わないでよー！　派手な女子も冴《さ》えない男子もたくさんいるけど、私もお兄ちゃんも、この世に一人だけじゃん。ステレオタイプなイメージなんかに惑《まど》わされず、私達はお互いを選んだの。つまり、そういうこと」

「……そうか」

「ていうか、そういえば私自身もさっき『周りのクラスメイトは私達が付き合ってるなんて勘づくわけない』って言っちゃってたんだった。……まぁ普通《ふつう》の感覚だと、確かに付き合わないよねぇ、私みたいなのと、お兄ちゃんみたいなの。ううん、そうだなぁ、私がお兄ちゃんのことを好きな理由かぁ」

桜が、思案を始める。真剣に答えてくれる気になったらしい。

桜が沈黙すると、ダイニングの時計の進みが遅くなったかのように感じられた。

一分も経たないうちに、俺の心の中はじれったさでいっぱいになる。しかし、当然それを表に出すことはしない。平然とした顔をキープすることに努める。桜は「むむ」とわざとらしく唸《うな》りながら、目を閉じ、首を傾《かし》げている。

俺のために真摯《しんし》な答えを紡《つむ》ぎ出そうと頑張《がんば》ってくれているのだろうか。それとも……本当に中々思いつかないのだろうか。

桜が目を開く。彼女の表情が、あまりに爛々《らんらん》としていたものだから、俺は思わず息を呑《の》んだ。

　桜が言った。

「ヒーローみたいなところかなぁ」

　不思議な、言葉だった。

　人物を褒《ほ》め称《たた》える際における最大限のフレーズであり、それと同時に、ひどく抽象的《ちゅうしょうてき》だった。

　ヒーロー。

　現実においてもフィクションにおいても、ありふれすぎている概念《がいねん》。

　自信を持ってその単語を口にしたであろう桜には申し訳なかったが、俺は彼女に対し、パッとした反応を返せないでいた。

「……なにか言いたげだね、お兄ちゃん」

「いや、くっさい台詞だなと思ってな」

「なんだとー！」

「あと、正直ピンとこない。俺がヒーロー？」

　日々の生活の中で思い当たるフシはない。

　現実、非現実を問わず、この世の中には色んなヒーローがいる。全身タイツでニューヨークを駆《か》けるクラシックな者、火事の建物の中から子供を助け出すレスキュー隊員、……この間テレビ番組から流れて来た懐《なつ》メロは、駅の改札を抜けたお父さんをヒーローと呼んでいた。

「今日だってさ、ツナ吉君と菊太郎君のこと、庇《かば》ってたよね」

「……桜というヴィランからな」

「ひっどーい！　何その言い方ー！」

桜が唇《くちびる》を尖《とが》らせる。本気で怒っているわけではないことは明らかだったので、俺も笑ってごまかした。

「そのヴィランもさ、昔、助けてくれたじゃん」

冗談《じょうだん》めかした口調で。

桜は、そんなことを言った。

俺の頭の中に、昔の思い出が浮《う》かんでくる。普段《ふだん》は脳みその底のほうにデブリとして漂《ただよ》っている記憶《きおく》が、桜の声に引かれ浮上《ふじょう》し、纏《まと》まろうとしているのを感じる。

人間には、記憶を断片化《だんぺんか》して保存することでフラッシュバックの直撃《ちょくげき》を防ごうとするような心の機構があるように思う。少なくとも、俺の中にはある。

俺は唇の端《はし》から、一瞬《いっしゅん》、小さく息を吐《は》く。

一笑《いっしょう》に付す、というポーズである。

そのポーズの効果は、劇的だった。汚《よご》れた湖の表面で結集しグズグズの塊《かたまり》と化した落ち葉を棒で突《つ》いて雲散させたような……どんよりとした快楽が、俺の頭の中で湧いた。

過去の記憶が再び、脳みその底へと沈《しず》み、やがて見えなくなった。

「あ、そうだ！」

桜の、明るい声。

「靴下を裏返したまま洗濯《せんたく》しないとことかも好きだよ、ダーリン」

腕組《うでぐ》みを解き、箸を持ち直す桜。

何事もなかったように食事を再開する彼女につられ、俺も再び箸を動かし始める。

ずいぶんと長く食事を中断していたような気がしていたが、赤魚は少しも冷めたようなところがなく、温かいままだった。

これが、俺の日常。

クラスで一番可愛《かわい》い女の子と毎日食事をしているなんてことは、どんなに親しい友達にも打ち明けられない秘密なのである。

第二章　ラブストーリーは突然匂わせる

夜の顔。


俺と桜《さくら》は、リビングのソファで肩を寄せ合っている。

メディアプレイヤーを差し込んだテレビで、動画サービス先行配信の『スパイ・ダーリン』第四話を視聴《しちょう》している。

たった今アバンが終わり、オープニング・テーマが流れているところだ。

「おっきな画面で見ると、やっぱ迫力《はくりょく》すごいね」

「結構変わるよな。俺、今の二人暮らし始める前までは、自分の部屋のパソコンで見てたよ。桜は？」

「私も同じ」

オープニングが終わると、本編が始まる。

主人公であるジェイとヒロインのアナスタシアがスパイとして忠誠を捧《ささ》げるトルマリ共

和国に、敵国の魔《ま》の手が迫る。トルマリの首都ゴールドーンに突如《とつじょ》現れた謎《なぞ》の怪人《かいじん》。その正体は、スパイ遺伝子を注入され、理性と引き換えに特殊《とくしゅ》能力を手に入れたギャングの下《した》っ端《ぱ》。アナスタシアは一人、怪人へと戦いを挑《いど》むが……。

「ああ、どうしようお兄ちゃん、このままだとアナちゃんがやられちゃうんだけど！」

「原作読んでるんだから知ってるだろ。ここは負けイベントだ」

「私達の応援《おうえん》で展開が変わるかもしれないじゃん！」

「アニメーターさんビックリだろうな」

桜はクッションを抱《だ》きしめながら、テレビの画面を凝視《ぎょうし》している。

「お兄ちゃん、音量上げて」

一時も画面から目を離《はな》したくないのだろう。桜が俺に指示する。

三日早く生まれただけとはいえ俺のほうが兄なのだから、もう少し物の頼み方があるはずだと思ったが……可愛い妹の頼みは断れない。

俺はリモコンを手に取り、直ちに音量を上げた。

五分後。

「頑張ってアナちゃああん！　そのヒゲオヤジの特殊能力《スパイギフト》は電気操作だよ！　騙《だま》されちゃダメ！」

「勝てえええアナスタシア！　敵が複数いるように感じるのは、物陰《ものかげ》に潜《ひそ》んでるドローンを操《あやつ》ってるからなんだ！　やっちまえ！」

桜の熱に当てられ、気がつくと俺も一緒になって叫《さけ》んでいた。

アニメでなく、ヒーローショーを見ているみたいに。

だが俺達の応援もむなしく、テレビの中のアナスタシアは……。

「負けて……しまったな……」

「こんなに、応援、したのにぃっ……はぁ……こういう展開なのは分かってたけど、立ち直れないよー……」

ソファに並んで、二人揃って天井《てんじょう》を仰《あお》ぎ見る。

スポーツの試合に負けてしまった後みたいなテンションだった（肉体的には二十分間、ソファでジッとしていただけなのだが）。

ふと横を見ると、桜はスマホの画面をスワイプしながら、切なげな表情でため息を漏《も》らしている。

「……何見てるんだ」

「心の傷を埋めるために、『アナスタシア』『エロ』でイラスト投稿《とうこう》サイト検索《けんさく》してる」

「それもう立ち直ってんだろ。心の傷どこだよ」

驚く俺とは対照的に、桜はシニカルな笑《え》みを浮かべる。

ちっちっちっ。桜は俺の顔の前で指を振った。洋画みたいな仕草だ。

「お兄ちゃん。それはそれ、これはこれだよ。……あーあー、アナちゃん、ダメだよホント。若い子があんなエッチな格好で怪人と戦っちゃ」

うっとりとした表情でスマホの画面を見つめながら、桜は脚《あし》を組み変える。

ショートパンツから伸びた脚は、今しがた発した台詞《せりふ》の対義語みたいに白く美しかった。

「あー、やっぱ可愛いなー、アナちゃん。キリッとしたお顔が天才。この顔で天然ボケ連発されたら、誰だって好きになっちゃうよ……。純白のミニスカウェディングドレスもエッチ……。作品内で戦いが進んでくごとに、段々と敵の返り血でドレスが赤く染まっていって、エピソードごとのオンリーワンな柄みたいになる演出もカッコよすぎ！　カッコよくてエロい！　おっぱい、太もも、文句ナシ！　ちょうど今ぐらいの時期って、アニメの一話を見てから描《えが》き始めた絵師さん達のイラストが、ネットにどんどん上がってくるタイミングだからさー。あー、一枚も逃《のが》さず保存したい……」

「お前、本当に好きだよな、美少女キャラ」

「大好き！　お兄ちゃんも好きでしょ？」

「男として、もちろんそうだが……桜の熱量には負けるよ」

「アナちゃんみたいな子は、特に好き。みんなに優《やさ》しくて元気いっぱいな子が戦ってるの、カッコイイよね！　見てるだけで、胸がいっぱいになっちゃう！」

「……そうか」

桜はソファから立ち上がると、キッチンへと向かう。

冷蔵庫の中からオレンジジュースの九百ミリパックを取り出し、自分のグラスへと注ぐ。

「お兄ちゃんもいる？」

「頼《たの》む。ありがとう」

桜が、二人分のグラスを持ってキッチンから帰ってくる。

ソファに座《すわ》り、テーブルの上に置きっぱなしにしていたスマホを再び手に取ると、桜は画面を軽くスワイプする。アナスタシアのセクシー系イラスト漁《あさ》りを再開したのだろう。

「あっ、見て、お兄ちゃん。アナちゃんがさっきの怪人に負けて大変なことになっちゃうイラストを来週までにアップするって宣言してる絵師さんがいるよ。楽しみだなー。……来週になったら、一緒に見ようね！」

「なんで一緒に見る必要があるんだよ」

実のところ。

桜が女キャラをシンプルに愛《め》でるタイプのオタクであることは、幸運なことだった。

というのも、だ。もし桜が菊太郎みたいな理屈《りくつ》っぽいタイプのオタクだったら。

さすがに、俺と桜は教室で話せない。

例えば先日、教室で桜が絡んできた際の台詞――――『あ、今おっぱい揺《ゆ》れた』から始まった一連のアレ――――は、ほとんど桜の本音だと思う。なぜなら、家の中で俺と二人きりのときと、話の内容がほぼ変わっていないからだ。

学校にいる際の桜の演技は本当に大したものなのだが……自分の好きな分野の話をしているときに限っては、そのバランス感覚が崩《くず》れてしまうのだろう。これでもし、桜の口から勢いのまま飛び出す言葉が、例えば、作品の成立した背景等を十分に踏《ふ》まえた理性的な分析《ぶんせき》だったとしたら……。

一瞬で、彼女がオタクであると周囲にバレてしまうだろう。

女の子のキャラクターに対してエロいと連呼するだけの彼女のスタイルは、いかにも「アニメに興味ない派手な女子」がしそうな、適当な振る舞《ま》いに見える。結果、作品愛を素直《すなお》に語っているだけにもかかわらずオタバレしない、という状況《じょうきょう》が完成する。

もっとも桜は、「オタク君達」との会話においてヒートアップしてしまった際に自らのオタク的気質の分類が保険として機能することを、きちんと自覚している節がある。

そうでなければ、「せっかく同じクラスなのだからお兄ちゃんとも会話したい」という彼女の希望は、入学前に彼女自身が却下《きゃっか》することになっていたのかもしれない。

オレンジジュースを一気に飲み干した桜は、満面の笑みを浮かべる。

「アナちゃん、最高ー！　マジで天使ー！」


昼の顔。


「桜、最高！　マジで専属モデルよりカッコイイよ！」

朝の学校。ショートホームルーム前の時間。

教室の後ろには、学校からの伝達・注意事項《じこう》等が貼《は》り出される掲示《けいじ》スペースがある。

そこに、人だかりができている。

その中心にいるのは、桜だ。

掲示スペースに貼られた一枚の写真を背に、照れくさそうな顔をして立っている。

その写真が何であるのか、俺はよく知っている。

俺の席からだと、その写真は人の隙間《すきま》からチラチラと小さく見えるだけだが……昨夜、俺は桜から同じものを見せてもらったばかりだった。

ファッション雑誌に読者モデルとして掲載《けいさい》された、桜の写真。

桜が雑誌の編集者にスカウトされたのは、まだ地方にいたころ……中学三年の冬のことだった。読者モデルとしてスカウトの目に留まるために一番有効なのは、都内の、いわゆる「若者の街」をブラブラすることであるのは、言うまでもない。どうして、東京からみれば片田舎《かたいなか》と呼んで差し支えない土地で暮らしていた桜が、大手の雑誌に読者モデルとして採用されるに至ったのか……。理由は、単純。スーツ職人である俺の母さんの知り合いに、ファッション雑誌の編集者がいたからだ。

母さんは、編集者に桜を紹介《しょうかい》した。編集者は桜を一目見ると、言ったそうだ。

「この子の中には、愛と孤独《こどく》の複雑な詩がある。そしてそれを、極《きわ》めて単純な仕草で、印象として立ち昇《のぼ》らせる知性がある」

編集者は桜に学校を休ませると、数日間、東京へと連れ出した。そして、有能なカメラマンに数枚の写真を撮《と》らせた。

そのうちの一枚が晴れて採用となり、今月号の雑誌に掲載された、というわけである。

「ありがとね、美也《みや》。私のページ、わざわざ切り抜《ぬ》いて、ラミネート加工までしてもらって」

桜から笑顔を向けられたその女生徒は、恐悦至極《きょうえつしごく》と言わんばかりに背中を仰《の》け反《ぞ》らせる。

鵯《ひよどり》美也《みや》。雑誌のページを切り抜いて学校まで持ってきたのは、彼女だ。桜も所属する一軍グループの一員。桜の一番の親友、と呼べる立ち位置にいる生徒である。桜と同系統の派手目な女子。三日に一度くらいの頻度《ひんど》で、「ウチも桜みたいにピアス入れようかな」と悩《なや》んでいる。ときどき、桜に対して友人の域を超えた情熱を垣間見《かいまみ》せることがある。まさに、今この瞬間《しゅんかん》のように。

「桜に喜んでもらえたならウチも嬉《うれ》しいし！」

「昨日発売なのに大変じゃなかった？」

「全然！　いつも読んでる雑誌に桜が載《の》ってるの見かけた瞬間、興奮して記憶なくなって、気づいたら朝になってて、目の前にラミネート加工済みの桜の写真が置いてあっただけだから、ウチ疲《つか》れてない！」

「そ、そっかー。ならいいんだけどー……あはは」

さすがの桜も、タジタジだ。

男子の一人が、桜に声をかける。

「すごくいい写真だよ。香月《こうづき》は、本当にすごいな。……これがモデルデビューだろ？　ストリートスナップとかじゃなくて、スタジオ撮影《さつえい》じゃないか。デビューでこれって、滅多《めった》にないことだろ」

我がクラス一番の人気者、大谷一郎《おおたにいちろう》君だった。入学したばかりだというのに、サッカー部では次の試合のレギュラーをほぼ確実視されている有望株。甘《あま》いルックスと柔和《にゅうわ》な物腰《ものごし》で、女子だけでなく男子からも好感を持たれている男。

「へっへーん。私、期待されちゃってるのかなー」

写真と同じポーズして、と、ノリのいい男子達が手を叩《たた》いてはやし立てる。

桜が、貼られた写真と自分とを何度か見比べ、恥《は》ずかしそうな笑みを浮かべる。次の瞬間、桜は勢いよく、写真と同じポーズを決めた。クールに見下ろすような表情まで、バッチリ再現されている。

クラスメイト達から、好意的な笑い声と歓声《かんせい》が起こる。

鴨さんが飛び跳《は》ねて、はしゃいでいる。

「すっごおおおおい！　写真の中から飛び出てきたみたいだよー！」

「えへへ。美也、ありがとー。今は衣装《いしょう》じゃなくて制服だけど」

「もう一人飛び出てきてほしいくらいだよ！」

「そ、それはちょっと。さすがの私でもムリかなー？」

鴨さんが拍手《はくしゅ》を始めると、周りもつられて拍手を始める。輪の外側から見ている身としては、正直異様な光景に思えたけれど……桜が褒められて悪い気はもちろんしないので、よしとする。さながら、小劇場で思いがけなく完璧《かんぺき》な舞台《ぶたい》を観《み》た観客達《たち》による、スタンディングオベーションである。

「こらぁ、お前達、ホームルーム前に何をはしゃいどる。仁宮《じんぐう》先生はまだ来とらんのか」

教室の外から、野太い声が飛び込んでくる。

体育の天動《てんどう》先生だった。天動先生は、俺達《おれたち》のクラス（一年二組）のお隣《となり》さんである、三組の担任だ。

隣のクラスの騒《さわ》ぎが気になって、駆けつけて来たのだろう。

クラスメイト達が一斉《いっせい》に拍手をやめ、声を潜める。教室の中が一気に静かになった。

天動先生はすぐさま、桜の写真に気づいた。

「なんだぁ、この写真は。掲示スペースに余計なものを貼るんじゃない」

天動先生は、自分のその一言で目の前の生徒達が解散すると信じていたはずだ。対して、その場にいたクラスメイト達——桜の写真を囲んでいた者達はもちろん、輪の外から遠目に見ていた俺のような奴《やつ》でさえ——は、全く逆の予想を立てていた。

その予想は、現実となった。

「別にいいじゃないっすかぁ、スペース余っててんだしぃー！」

「余計なものとはなんですかあああっ。ウチは、なんなら全部の教室に貼り出すべきだと思います！」

「先生こそ、もっと掲示物《けいじぶつ》に興味を持つべきです。写真の隣の貼り紙を見てください。今週は美化週間です！」

「俺達が香月さんの写真を貼ったのは、美化活動の一環《いっかん》ですよ！」

案の定、うちのクラスの中でも特に活《い》きのいい生徒達からの一転攻勢《こうせい》が始まった。

その力強さは、ジムで鍛《きた》え上げられた天動先生の身体《からだ》を、一歩引かせるほどだった。

「お、お前達……！　いや、俺が言いたいのはだな……あ、う……」

たまらず、天動先生も言葉に詰《つ》まる。

彼《かれ》は、顔の前で必死に手を動かしながら、悪あがきっぽいボディランゲージを何度か試みた後、

「……つまり、その……授業中、黒板のほうを向いてるお前達は問題ないかもしれないが……先生達は一流ファッションモデルと目が合っちゃうだろ。ははは……」

折れた。

そのままそそくさと、一年二組から出ていった。

学校という場における、基本的な序列はこうだ。明るくて派手な生徒↓教師↓暗くて地味な生徒。

無事、「外敵」から自分達の「お祭り」を守り切った一軍グループは、ハイタッチを交《か》わしている。

菊太郎が俺に近寄ってきて、耳打ちする。

「僕《ぼく》、この間コンビニの一番くじでアナスタシアのイラストボード当てたんだ。美化週間に協力しようかな」

「やめとけよ」

なお、桜の写真はホームルームの時間、このクラスの担任である仁宮真理《まり》先生（通称《つうしょう》・真理ちゃん）に問答無用で剥《は》がされた。

日曜日。時刻は正午。

週末の宿題と、授業の予習、復習を終わらせた俺は、自室を出た。

廊下《ろうか》を通りリビングへ。

キッチンでコップにリンゴジュースを注ぐと、腰《こし》に手を当て、一気に飲み干す。

健康によろしくない飲み方なのは分かっているが、勉強後はこれが一番効く。いや、効く、というか、もはや飛ぶ。喉《のど》が潤う、というより、脳みそが潤う。数時間の勉強を終えた後の脳みそは、糖分に飢《う》えてカラカラだ。そこに果物系ジュースがぶち込まれると、自分という人間の中枢《ちゅうすう》機関がダイレクトに満たされるような快感と共に、勉学のスケジュールを順調にこなせたという達成感が、一気に襲《おそ》ってくる。

「はぁー、この一杯《ぱい》のために勉強してるって気分だ。スッキリした」

コップをさっと洗い、俺はリビングを後にする。

廊下に出ると、声がした。

「休日の昼下がりを退屈《たいくつ》に過ごしている、そこのお兄ちゃん」

もちろん、声の主は桜である。

桜の部屋は、廊下を挟《はさ》んで、俺の部屋の向かいにある。

桜は、自分の部屋のドアから顔だけを覗《のぞ》かせ、にんまりとした表情を浮かべている。

「なんだ」

「刺激《しげき》は、いらんかね……？」

桜の頭が、引っ込んだ。今度は手だけをドアの外に出し、手招きをしてくる。

俺は自分の部屋のドアを開け中に入ろうとしたが、桜が襟首《えりくび》を後ろから掴《つか》んできた。

「……何してる」

「お兄ちゃんこそ」

「刺激が欲《ほ》しいから、自分の部屋で昨日買ったラノベでも読もうかと」

「お兄ちゃんのことだから、そういう意地悪すると思った。逃《に》がさないよ」

「ちょ、おま、危ないぞ！」

そのまま引きずられ、桜の部屋に強制入室させられる。桜の普段使っているベッドの上へ、押《お》し倒《たお》された。慌《あわ》てて上体を起こす。「一体どうしたんだ」と質問するつもりだったが……

桜の姿を見た瞬間、俺は事態を理解した。

桜は、肩《かた》から下を黒いマントで覆《おお》い隠している。髪《かみ》も、いつもの見慣れた明るい色ではなく、黒い。ウィッグを装着しているのだ。

桜がこの格好をしているということは、可能性は一つしかない。

「新作か」

「あったりー」

桜が自らの身体を隠すマントを華麗《かれい》に脱《ぬ》ぎ、天井に向かって放り投げた。

すると、その下から、

「おお、アナスタシア！」

『スパイ・ダーリン』のヒロイン、アナスタシアの衣装が現れた。

コスプレは、桜が中学二年のときに目覚めた趣味《しゅみ》である。

彼女《かのじょ》の趣味を後押《あとお》ししたのは、またしても俺の母の存在であった。俺と付き合い始めてしばらくたったころ、桜は母さんのスーツ工房《こうぼう》に出入りするようになった。そして、母さんがオートクチュールを仕上げる横で、アニメキャラのコスプレ衣装制作の勉強を始めたのである。

俺は吸い寄せられるように、桜の側《そば》へと近寄っていた。

間近で衣装を観察する。本職である母さんに学んだだけのことはある、見事な出来栄《ば》えだ。

アニメキャラのビジュアル特有の乳袋《ちちぶくろ》（バストのラインが服にくっついているかのように、くっきりと出ている様子）も素晴《すば》らしいクオリティで再現されている。

……。

そこまで分析したタイミングで。

俺は、桜の胸元《むなもと》に顔を寄せすぎていることに気づいた。

顔を上げると、こちらを見下ろしている桜と目が合った。

気まずい。

「いいんだよぉ～、お兄ちゃ～ん。妹のおっぱいガン見しててヤバ～いなんて、私全然思わないから～」

「ち、違《ちが》う。俺は純粋《じゅんすい》に、衣装の出来をだな」

「もー。いつものことだけど、中々負けを認めてくれないねー」

桜は自分の胸元を押さえると、切なげな表情を作る。

そして、

「なんで……どうしてアイツのことを考えると、胸がドキドキするの……？　このままじゃ爆弾《ばくだん》の解体が進められないじゃない……もしかして……アイツが私の、ダーリンなの……？」

目にうっすらと涙《なみだ》を浮かべ、頬《ほお》まで染めながら、言った。

その台詞を聞いた瞬間、俺は心臓を撃《う》ちぬかれたような気がした。いや、心臓どころか、肋骨《ろっこつ》で覆われてる場所全体が揺さぶられたような、甘い衝撃《しょうげき》。

桜が今、口にしたのは、『スパイ・ダーリン』第一話の台詞だ。ジェイとアナスタシアのスパイ遺伝子がシンクロし、敵スパイを一瞬で葬《ほうむ》り去る。その後、シンクロに伴《ともな》うショックで、ジェイが気絶。そのジェイに代わり敵の残した爆弾を解体することになった、アナスタシアの独白である。ファン投票でも第一位の名シーンだ。

俺は火照《ほて》りだした自分の頬を隠《かく》したくて、両手で顔を覆う。

指の隙間の向こうで、桜が勝ち誇った笑みを浮かべているのが見える。

「はい、お兄ちゃん、撃墜《げきつい》☆」

「毎度のことながら、勝てるわけないな、これは……。アナスタシアが画面から飛び出てきたみたいだ。しかもそこに、桜らしさもちゃんとある。脳がバグる」

桜が近寄ってきて、俺の両手を掴んだ。

そのまま、俺の右手は桜の頭に、左手は彼女の腰へと、それぞれ導かれる。

「この間、テレビの中で負けちゃった私を、慰《なぐさ》めて?」

「おー、よしよしよしよし………ああ、優しく撫《な》でないと、ウィッグがズレるな。すまない」

「あはは。いーよいーよ」

愛情表現、というよりは、衣装制作から実際のコスプレをするまでに費《つい》やされた努力を労《ねぎら》うような気持ちで、俺は桜からのリクエストに応え続ける。

「ピアスまでアナスタシア仕様か」

桜は普段、右の耳にピアスをジャラジャラとつけているが、今日は一つだけだ。一つだけ、といっても存在感がある。崩した漢字の「星」と、アルファベットの「M」を合体させたような、変わったデザインのピアス。作中でアナスタシアがいつも身につけているのと同じものだ。マーダーズ・ピアス、という名称《めいしょう》のアイテムである。トルマリ共和国からアナスタシアに与《あた》えられた、「あらゆる殺しの罪を問わない」というお墨《すみ》つき。国から自由な殺しを許可された者の証《あかし》こそが、このピアスなのだ。

「うん。公式で売ってたの」

「公式グッズなのか。オタクはピアスなんてつけないだろ」

「古いなー。最近のオタクは、お兄ちゃんみたいなイカニモ系ばっかじゃないんだよ。ピアスくらいするって」

「誰《だれ》がイカニモ系だ、誰が」

桜の肩をそっと押して、自分から離す。

「あー楽しかったー。コスプレしながらお兄ちゃんに甘やかされることでしか摂取《せっしゅ》できない栄養が、この世にはあるんだよね」

満足げな桜。

俺は、机に目をやった。大き目の机の上には防振《ぼうしん》マットが敷《し》かれ、そこにミシンが置かれている。今着ている衣装も、部屋の奥《おく》のウォークイン・クローゼットに仕舞《しま》われている過去作も、全て、一から桜が作ったものだ。ファッションモデルの仕事を始めたときには「コスプレに使えるお金が増える」と喜んでいたものである。

桜の部屋は一見、ウォークイン・クローゼット以外は俺の部屋と変《へん》わらない、なんの変哲《てつ》もない構造をしているように見える。だが実際は、四方の壁《かべ》と天井、床《ゆか》に特殊な防音加工が施《ほどこ》されている。故に、ミシンも近所迷惑《めいわく》になるのを気にすることなく使用できる。防音完備の部屋は、母さんと良治《りょうじ》さんが俺と桜のための物件を探してくれた際に、特にこだわっていた箇所《かしょ》だった。

机の脚のところに、四十五リットルサイズのゴミ袋が置いてある。中身はパンパンだ。

俺の視線の先に気づいた桜が、頬を人さし指で掻《か》きながら言う。

「全部、衣装作るときに出た切れ端だね。結構ためこんじゃったなー」

「……頑張ったな。俺が掃除《そうじ》しとこう」

俺はゴミ袋の口を縛《しば》ろうと、持ち上げた。

すると桜は、その袋を横取りした。

何か大切なものでも間違《まちが》って捨てたことに気づいたのかと思ったが、そうではなかった。

桜は袋の中の布切れを何枚かまとめて、むんずと掴む。

そして、なんとそれを俺の胸あたり目がけて、投げつけてきたのだ。

突然《とつぜん》の奇行《きこう》。

何をどうしていいのか分からない俺に向かって、桜は笑顔《えがお》を浮かべながら、言う。

「撮って、お兄ちゃん」

「ちょ、ま、桜……！」

「撮って！」

俺はポケットからスマホを取り出すと、素早《すばや》くカメラを起動した。

俺もゴミ袋の中から布切れを掴み、桜のお腹《なか》から下を狙《ねら》って、投げつけた。顔には絶対当たらないように注意しながら。

波打ち際《なみうちぎわ》で、水をかけあって遊ぶように。

お互《たが》いの身体に、布切れをぶつけあった。

スマホで片手がふさがっている俺は、不利な戦いを強《し》いられる。

桜が両手で大量の布切れを掬《すく》い、天井に向かって舞い上がらせた。

一瞬、照明が遮《さえぎ》られ、部屋の中に、薄《うす》い、斑《まだら》の影《かげ》ができる。

タイミング良く、俺の右手の親指がシャッターボタンをタップする。

しばらく、遊んだ後。

俺と桜はシングルベッドの上に、仰向《あおむ》けに寝転《ねころ》がっていた。天井を見つめていると、部屋が布切れまみれになっているという現実を忘れることができた。

「コスプレ、これだけ上手《うま》いんだから、ネットとかにもアップしてみたらどうだ。ＳＮＳ

とかによくいるじゃないか。目とか口元だけ隠して、自分を知ってる人からはバレないようにして活動してる人」

「うーん、そういう人達は多分、現実の知り合いにコスプレ趣味がバレたくないっていうよりは、自分のアカウント見てる赤の他人に顔を知られたくなくて、隠してるんだと思うよ。ちょっと顔とか身体とか隠したくらいじゃ、日頃《ひごろ》から付き合ってる人には、結構簡単にバレちゃうんじゃないかな。私、モデル用のアカウントも持ってるけど……個人情報バレないようにするのって、大変なんだから」

「ああ、そういう……」

「それにぃ、お兄ちゃん以外の人に見られるなんて、桜、恥ずかしぃー。お兄ちゃんは、私のコスプレ姿、独《ひと》り占《じ》めしたくな・い・の？」

「隙《すき》を見てはポイント稼《かせ》ごうとするな」

「むー、バレたか」

正直、独り占めしたくないと言えば、嘘《うそ》になる。しかし、その言葉を口にするには、乗り越《こ》えなければならない羞恥《しゅうち》のハードルが高すぎる。

「お兄ちゃん。私、そろそろ着替《きが》えたい」

桜がウィッグを取り外す。見慣れた、いつもの明るい髪色《かみいろ》が露《あら》わになる。

俺はベッドから起き上がり、部屋から出ていこうとした。

最後にもう一度振《ふ》り返って、桜を見る。

「どうしたの、お兄ちゃん」

「いや、なんでもない。……着替え終わったら、掃除するぞ」

明るい髪色のアナスタシアもアリだな、と思った。

だが、なんとなく、口には出さなかった。

スマホで撮った写真のデータは、俺と桜のパソコンに送ったのち、削除《さくじょ》した。


教室のドアを開ける。

時刻は昼休み。

いつもの掃除ロッカー前に、ツナ吉《きち》と菊太郎《きくたろう》……それに桜が立っているのが見える。

人差し指を立てた桜が、何やら気分良く好き勝手言っているような絵面だ。

「オタク君。大きすぎたら大きすぎたで、苦労もあるんだよ」

近づくと、桜のそんな台詞が耳に入ってくる。

「…………なんの話をしてるんだ、お前ら」

「おっ、鳳理《ほうり》！」

「やぁ、鳳理君」

ツナ吉と菊太郎が、助け舟《ぶね》を発見したような表情を浮《う》かべ、声をかけてくる。

先日、教室で桜が絡《から》んできた際、俺は単身で彼女に逆らった。以来、ツナ吉と菊太郎から、対桜に関し、若干《じゃっかん》頼《たよ》りにされてしまっている節がある。

無論、俺が桜に言い返すことができたのは、俺と桜が裏で恋人《こいびと》の仲だからだ。他の一軍グループの連中が今の桜みたいに常態的に話しかけてくるようになったとしたら、恥ずかしい話、俺だって何も言い返せない。だから、ツナ吉と菊太郎から寄せられている仄《ほの》かな信頼《しんらい》を、申し訳なく感じてしまう……。

「オタク君達が好きなアナスタシアちゃんについて、話してたんだよ。こんなエッチな格好で戦うのがどれだけ大変なことか、同じ女子目線で解説してあげてたの。仮にも一流雑誌でページを飾《かざ》った身として、オタク君達に価値のある話をしてあげたくてさ。うーん、私、女神《めがみ》だ」

「ほう」

「今はレッスン1。おっぱい大きいといろいろ大変なのです編が終わったところ」

「…………」

ツナ吉と菊太郎が引き結んだ唇《くちびる》を、きゅっと震《ふる》わせた。

『レッスン1？　2があるなんて聞いてないぞ！』と、二人の赤く染まった顔に書いてある。

「じゃあ、レッスン2を始めるよ。オタク君達に、乳ぶ…………アニメとかに出てくる、おっぱいの形にぴったり添《そ》った服に関して、教えてあげるね」

今、乳袋って言いかけただろ。

「あの袋を最初見たときは……私も衝撃だったなぁ。一人の女子高生として、あの袋に抱《いだ》ける感情は、ただ一つ。嫉妬《しっと》……そして、憧《あこが》れ！」

「二つ言わなかったかぁ」

「二つ言ったよね」

「オタク君達、何か言った？」

桜の一瞥《いちべつ》に、ツナ吉と菊太郎は慌てて口を閉じ、勢いよく首を横に振った。

桜は何事もなかったように「講義」を再開する。

「普通《ふつう》、どんな服を着ても、女の子の身体のラインはあんな出方しないの。レッスン1でも説明したけど、そもそもおっぱいがおっきい女の子だと、着る服選ぶのにも一苦労なんだよ。服のラインは、バストトップから地面に向かって垂直に落ちていくから…………はい、ツナ吉君、女の子のシルエットはどうなりますかっ！」

「突然の指名制⁉　……あぁー、太って見える、とかっすかねぇ……」

「女の子に太ってるとか言うなぁっ！」

「ええっ、すいません！」

「十点減点！」

「何がっすか⁉」

「……仕方ないなぁ。正解は、『プラスサイズに見えちゃう』だよ」

「……それって結局、太――――」

「口答え禁止ー！　これはもう、アレだね！　次オタク君達に絡みにくるときは、鞭《むち》持ってこなくちゃだね！」

ツナ吉の口元が、ひくつく。「香月さんならやりかねない」と思っているのだろう。

「プラスサイズ自体はカワイイ！　でも、意図しないところでそう見られるのは、イヤ！　それが女の子の心。おっぱいが大きいのは素晴らしい。でも、他ならぬそのおっぱいが、頑張《がんば》って引き締《し》めたウエストの邪魔《じゃま》をしちゃう。よく考えてみたら、女の子って無茶苦茶《むちゃくちゃ》なこと求められてるんだよね。おっぱいは大きく、ウエストは細くって言われるの、おかしくない？　一つの身体の話だよ？　そんなに都合よく片方を大きくして、もう片方を細くするなんてできないよ！　……分かった？　オタク君達。女の子の美しさっていうのは、根っこのところからジレンマを抱《かか》えてるの。ここ、来週テストに出すからね。………ええと、なんの話してたんだっけ。……そうそう、リアル女子の悩みとは無縁《むえん》に、身体のエッチなラインが綺麗《きれい》に出る服を着てるアニメの女の子に嫉妬して、憧れるっていう話ね」

大演説は続く。

そろそろ、俺が口を挟まなければいけない頃合《ころあ》いだろうか。ツナ吉と菊太郎も、もう限界だろう。

そう思って、隣の友人二人の顔を盗《ぬす》み見ると、意外な表情がそこにあった。

二人とも、会話に疲れた……というよりは、どこか怪訝《けげん》な表情を浮かべている。

それも、桜に対してだ。

二人の表情の意味が分からず、俺は話すのに夢中になっている桜の顔を見つめる。

何も、これといっておかしなところは――

桜が、耳元の髪を小さくかき上げる。

――あった。

俺の身体に緊張《きんちょう》が走る。

事件は……桜の耳元で起きていた。

桜の耳元を飾っているピアスが、いつもと同じものではなかった。

あれは、「マーダーズ・ピアス」だ。アナスタシアのアイコンともいえるアイテム。

それをなぜか、桜は学校にまで身につけてきている。どうして？　昨日コスプレしたときからつけっぱなし？　朝、寝《ね》ぼけていて、いつものピアスと間違えた？

いや。理由はこの際なんでもいい。

問題は、ツナ吉と菊太郎が、桜の耳元をさっきからチラチラ窺《うかが》っているということだ。

そして、桜が髪をかき上げるたびに、二人とも首を傾《かたむ》けている！　彼女の耳元をもっとよく見てみたいと、顔が勝手に動いているのだ！

まずい、これはまずい！

ツナ吉と菊太郎が、顔を見合わせる。

『今日の香月さんが耳につけてるやつ、マーダーズ・ピアスに似てねーか？』

『香月さんがアニメグッズなんて身につけるわけないよ。でも、よく似たデザインだね。もうちょっと近くで、見させてもらいたいなぁ』

もう、二人は目で会話している！　頭の中に直接伝わってくるみたいに、話の内容まではっきりと推測できる！

「あそこまではっきりと身体のラインを布で出すには、服を作る前の型紙の段階で、何回も採寸をしてから制作を始めないといけないんだよ。そうしないと、簡単にサイズがズレちゃうの。特にアナスタシアちゃんは、私達とおんなじ成長期だしね。服を作ってる人も、相当すごい職人さんだと思う」

「すまん、香月さん！」

俺は、思わず大きな声を出した。

熱い語りを邪魔された桜は、驚《おどろ》いた表情を浮かべる。ツナ吉と菊太郎だけでなく、周囲のクラスメイト達まで、何事かと見つめてくる。

さて、声を上げたはいいものの。

桜に、どうやってピアスのことを自然に伝えたものか。

考えろ、考えろ、考えろ……。

よし、閃《ひらめ》いた！

「少し……二人だけで、話せないか」

それはもう、驚くほど愚直《ぐちょく》なアイデアしか出てこなかった。

校舎裏で、俺と桜は向かいあっている。

教室からここまで来る道中、俺は桜と連れ立っていることを周囲に悟《さと》られぬよう、常に彼女の五歩前を歩いていた。必然、早歩きになってしまった上、教室で目立つことをしてしまったという後悔《こうかい》が襲ってきていたため、心臓が嫌《いや》な脈の打ち方をしていた。誰もいない校舎裏に辿《たど》り着いた途端《とたん》、安堵感《あんどかん》から、一気に汗《あせ》が出てくる。

一旦《いったん》、荒《あら》くなっていた呼吸を落ち着けることに努める。

「急に教室から連れ出すなんて、どうしたの、お兄ちゃ……あ、いや、今は風見君《かざみ》……って呼んだほうがいい？　急に誰か来るかもしれないもんね！　よーし、私、演技続けるよ！　隙は見せないいんだから！」

「ゼェ、ゼェ……ハァ、ハァ……」

「なーに、オタク君、告白？　私のこと、大好きになっちゃった？　でもごめんね、私、心に決めた人がいるんだ。私が愛してるのは……世界でただ一人、お兄ちゃんだけ。私のお兄ちゃんは、かっこよくってー、優《やさ》しくてー、甘やかしてくれてー。……デイリーシロボシの全アイス二割引デーまで待てない可愛《かわい》い妹のために、お兄ちゃんは自分のお小遣《こづか》いを切り崩《くず》して、今日、ハーゲンダッツを買ってくれるの。なぜなら、お兄ちゃんも私のことが大好きだから！」

「冗談《じょうだん》を……言ってる……場合じゃ……ない……」

「え、本当にどうしたの、お兄ちゃん」

「ピアス……」

「何、ピアスがどうかした？」

桜は、怪訝な表情を浮かべながら、ピアスを外した。

そして手のひらの上に載せたピアスを、見た瞬間。

「なっ、なんじゃこりゃあああっ！」

「さ、桜、声が大きい！」

「…………え、嘘、マジ、全然気づいてなかった！　今日朝、バタバタしちゃって遅刻《ちこく》しそうだったからかな……うっかり間違えちゃったのかも」

「なんにせよ、これで一安心だな」

「うん、その、ごめんね、お兄ちゃん……」

「いや、何事もなく済んでよかったよ。教室には、時間差をつけて帰ろう。今日は念のため、俺達のグループにはあまり近づかないほうがいいかもな」

俺は桜に背を向け、彼女より一足先に教室へと戻《もど》ろうとした。だが数歩いたところで、もう一度、桜のほうを振り返る。後《うし》ろ髪《がみ》を引かれる、というのだろうか。恋人、あるいは兄妹《きょうだい》の呼吸がなせる業《わざ》か。桜のほうにまだ話したいことが残っているのを、察知したのだ。

案の定、桜は俺が振り向いたことで、ほっとした表情を見せる。

「お兄ちゃん、その、私、教室で話しにいくの、もうやめたほうがいいのかなぁ……。やっぱり、おかしいよね。私達のこと秘密にしようって言ったり、なのに学校でも話しかけさせてってお願いしたりとか。……わがまま言って、お兄ちゃんのこと、困らせてるよね」

答えに困った。

桜の行動が、非合理的で矛盾《むじゅん》したものであるのは事実だからだ。彼女の言う通り、俺達の関係を秘密のままにしておきたいなら、教室で話しかけるべきではない。

だが。

『お兄ちゃんとせっかく同じ教室にいるのに、全然話せないなんて嫌じゃん!』

脳裏《のうり》に数日前の夕食の記憶《きおく》がよみがえる。

「そうだな、次からは……」

桜の表情が、少し怯《おび》えを含《ふく》んだものに変わる。

それを見た瞬間、俺の中での答えが、はっきりとしたものになる。

「もう少し、ツナ吉と菊太郎に手心を頼《たの》む」

桜が、顔をほころばせる。

そういう顔を向けられると、俺は自分のした選択《せんたく》を疑うことができなくなる。そうだ、俺と桜の関係は、土台からして曖昧《あいまい》さと矛盾でできているのだ。単純な話、付き合っているのに周囲に関係を秘密にするという行為《こうい》自体が、バカバカしさに満ちたものじゃないか。今更《いまさら》「何やってるんだろう、俺達」みたいな思考に陥《おちい》るなんて、それこそ不毛だ。俺達にできることは、俺達の選んだ生活を全《まっと》うすることだけだ。

再び、桜に背を向ける。これでようやく、教室に帰ることができそうだ。

だが、校舎の角を曲がる際、俺はまたしても振り返ることになった。

今度は俺のほうに、言い残していたことがあったのだ。

「ハーゲンダッツは自分で買え」

教室に帰ると、ツナ吉と菊太郎に囲まれる。

「鳳理！」

「鳳理君！」

しまった。

そういえば、この二人に先ほどの俺の行動——クラスの女王、香月桜を急に教室から連れ出す——をどう言い訳するか、全く考えていなかった。

くぐらなければならない関門がもう一つ残っていたにもかかわらず、教室に戻るまでの間、何も策を練っていなかった。

「まさか、お前、香月さんと……」

ツナ吉が、神妙《しんみょう》な様子で俺に迫《せま》る。

まずい。

まさか、俺と桜の間に何か特別な関係があると悟られたなんていうことは――

「戦ってきたのか！」

なかった。

「戦ってきたんだろ、そうなんだろぉ！　『俺のアナスタシアを非オタが好き勝手語るな』って、そういうことをバシンと言ってきたんだろお！　推《お》しキャラのために香月さんに逆らえるとか、英雄《えいゆう》だぜ、お前！」

「尊敬するよ、鳳理君。二〇〇〇年代ごろのオタクのスラングで言うところの、『アナスタシアは俺の嫁《よめ》』っていうやつだよね。僕は今、君の中に輝《かがや》きを見てる」

……………。

「ああ、そうだよ。鞭はやめてくれって、話をつけてきたところだ」

ツナ吉と菊太郎が、目を輝かせる。

俺の肩から力が抜《ぬ》けた。

何事もなかったとはいえ、さすがに今日のことは毅然《きぜん》と、桜に一言か二言くらい言っておく必要があるかもしれない。

自分の部屋にて、俺は本日の学校の宿題を一通り終わらせたところだった。

桜はまだ帰ってきていない。

夕食作りの時間までにはまだ余裕《よゆう》があった。

リビングに赴《おもむ》き、テレビの電源を入れる。『スパイ・ダーリン』の適当なエピソードを選択し、再生する。ソファに腰かけ、桜の帰りを待ちながら、のんびりとした時間を過ごす。

『裏切者にはお仕置き……いや、罰《ばつ》が必要だな、アナスタシア』

テレビから聞こえる声に、「あー、この回か」と呟《つぶや》く。

画面の中では、アナスタシアが両手を鎖《くさり》で縛り上げられ、暗くて狭《せま》い部屋に囚《とら》われている。彼女の目の前にいる尋問官《じんもんかん》が、鞭を手に舌なめずり。

身分を偽《いつわ》り、敵組織に構成員として潜入《せんにゅう》していたアナスタシアが、スパイであるとバレてしまう回だ。

正直、そこまで好きではないエピソードだ。もちろん、作品全体としての『スパイ・ダーリン』については名作だと思っている。しかし、どんなに面白《おもしろ》いアニメであれ、一クール分も話数があれば一話くらいは乗り切れない話が出てくるものだ。

俺《おれ》にとってのそれが、この回である。

アクションあり、サービスありで見栄《みば》えのいい回ではあるのだが。

テレビ画面の中で、アナスタシアを助けようとやってきたジェイが、敵組織の戦闘員達《せんとういんたち》に囲まれピンチになる。アナスタシアは敵の幹部に引っ立てられ、ジェイの前に姿を現す。そこで敵の幹部から言われたのは――――。

『アナスタシアよ。このスパイの男を、殺せ。お前がスパイでないというのなら、できるはずだ』

躊躇《ちゅうちょ》するアナスタシア。敵組織の面々がアナスタシアへ抱《いだ》いていた疑惑《ぎわく》が、確信へと変わるかに見えた、そのとき――――ジェイが隠し持っていた拳銃《けんじゅう》をアナスタシアに向け発砲《はっぽう》する。浅からぬ絆《きずな》を結んでいたはずのジェイからの攻撃《こうげき》に、アナスタシアは驚愕《きょうがく》する。なんとか紙一重で、ジェイからの銃撃《じゅうげき》を回避《かいひ》するアナスタシア。ジェイの目がアナスタシアに「本気でかかってこい」と訴《うった》える。ジェイとアナスタシアは、全力を出しながらぶつかり合う。お互いの命を奪《うば》いかねない攻撃を繰《く》り返しながらも、拮抗《きっこう》する二人は、お互いに致命傷《ちめいしょう》を与えることはない……。折を見てジェイが煙幕《えんまく》を張り、その場から脱出《だっしゅつ》。残されたアナスタシアは、ジェイを本気で殺そうとしていたと敵組織の面々に認められ、裏切者の疑いが晴れる（そう、こうなることを見越《みこ》して、ジェイはアナスタシアを攻撃したのだ）。信用を得たアナスタシアは数日後、敵組織の機密データを取得することに成功する。それからアナスタシアは自らが事故死したかのような偽装《ぎそう》を仕掛《しか》け、敵組織にバレないよう、ジェイ達《たち》のいる自分の祖国へと帰還《きかん》しようと計画する。敵組織で過ごす最後の一夜。敵の首領の部屋に忍《しの》び込《こ》んだアナスタシアは、首領の机の引き出しの中に「Ａ＆Ｊ」とナイフで刻んで、落書きを残すのだった。

「……やっぱり、大味だよな。この任務はジェイと二人だったからこそ成《な》し遂《と》げられたと、アナスタシアは感じている。『二人でやってやったぞ』という達成感から、記念に二人のイニシャルを敵の首領の部屋に残すわけだ。アナスタシアの中でのジェイへの好意が増しているって表現なのは分かるが……正体隠してるスパイが敵にヒントを与えるような真似《まね》をするっていうのは、展開としてなんだかな。……それほど、ジェイへの想《おも》いがエスカレートしてるってことなんだろうが、もし何か嗅《か》ぎつけられでもしたら国の危機だからなあ」

このエピソードにおいてアナスタシアが最後に行ったこと。

それはいわゆる、一種の「匂《にお》わせ」というやつに分類されるのだろう。

匂わせ。それは二人の秘密な関係を示唆《しさ》する情報を、バレるかバレないか、ギリギリのラインで発信する遊戯《ゆうぎ》。

『誰か、自分達の関係に気づくやつはいないのか——』。そんなハラハラ感を楽しむ、娯楽《ごらく》。

匂わせというものは、実際の行為とそれによって得られる精神的な快楽が、綺麗に逆方向を向く遊びである。

やっていること自体は、自身の情報を拡散するというもの。しかし、その結果得ることができるのは、恋人との二人の世界に引きこもり、その他大勢の人達を脇役《わきやく》として扱《あつか》うかのような快感なのだ。

スリルを楽しむ。

好きなキャラクターにこんなことを思うのもなんだが、はっきり言って、これに関しては愚《おろ》かな行為だと思う。

「他人を利用して二人だけの世界に閉じこもるような遊び、俺には一生理解できないな」

以前から感じていた、そして今改めて視聴《しちょう》しても変わらなかった感想。

あえて、声に出して言ってみる。

テレビを消し、ソファから立ち上がる。

と、その瞬間《しゅんかん》。

自分の心に、何か違和感《いわかん》を覚える。

俺は自分の胸元に手を当てる。

「……気のせいか」

心なしか、脈が速いような気がしたのだ。興奮しているかのように。

これは掘《ほ》り下げてはいけない感情のような気がした。

そろそろ夕食の支度《したく》を始めなければならない時間だった。

俺は、そちらへと頭を切り替《か》えようとする。炊飯器《すいはんき》の中から釜《かま》を取り出し、米と分量通りの水を入れ、炊飯開始ボタンを押す。

――――今日の俺は、どこかおかしい。

いつもなら心が反応しないはずのものに対し、奇妙《きみょう》な反応をしてしまっている。

桜のオタバレを防ぐためにてんやわんやだったせいで、心が乱れているのだろうか。しかし、精神的に疲労《ひろう》しているという感じでもないし……。

そういえば。

今日、桜は学校にキャラグッズのピアスをつけてきていたが、もしそれがツナ吉や菊太郎にハッキリとバレてしまっていたケースを想像する。

そのときはきっと、俺の友人二人から見ると、桜の行動は「匂わせ」のように感じられたかもしれない。

クラスの中心にいる派手な女の子。実はオタク趣味でオタク君達の会話に加わりたいとずっと思っていたが、自分からは言い出せない。わざとアニメグッズを身につけ、気づいてほしいとアピールする……。

冷蔵庫から今晩使う豚《ぶた》バラ肉のパックを取り出しながら、俺は思わずほくそ笑《え》んだ。オタクである友人二人なら、いかにも思《おも》い描《えが》きそうなシナリオかもしれないと思ったのだ。

——いや待て、どうして俺はこんなことを考えている？　どういう種類の妄想《もうそう》なんだ、これは？　どうして俺は今、胸が高鳴っている？

心の片隅《かたすみ》で疑問の声が上がるが、もう止まらない。

妄想が勝手に膨《ふく》らんでいく。

例えば、そう、例えばの話。

桜がアニメグッズのピアスをつけていることを周囲に勘《かん》づかれたうえで。

もし俺が、通販《つうはん》ででも同じマーダーズ・ピアスを手に入れて、通学カバンにつけて登校すれば。

そのとき、周囲の人間は俺達《おれたち》のことをどう思うだろう。

そこまで考えたとき、俺の中にある、全ての歯車が噛《か》み合った。

かくして俺は、夕飯の準備をできるような状態ではなくなってしまったのである。


桜が帰ってきたのが分かった。

玄関《げんかん》の開く音。靴《くつ》を脱《ぬ》ぐ音、廊下《ろうか》を歩き、リビングまで向かってくる音。

「ただいまー、お兄ちゃん。あー、そのー、本日、私めがしでかしちゃったことにつきまして、改めまして謝《あやま》らせていただきたく……」

リビングのドアを開けた桜の声が止まった。

原因は俺だ。

俺はソファに座《すわ》り、俯《うつむ》いていた、肘《ひじ》を腿《もも》の上につき、両手の指を組んで、祈《いの》るような体勢で。

「お仕置き……」

「お、お仕置きっ⁉」

俺の口から漏《も》れたただならぬフレーズに、桜がビクリと反応する。

「いや、罰が必要だな……」

「罰っ⁉」

慌《あわ》てて自らの身体《からだ》を抱きしめる桜。通学カバンが彼女《かのじょ》の手から音を立てて床に落ちる。

リビングに沈黙《ちんもく》が訪《おとず》れる。しばらくの後、口を開いたのは桜だった。

「今日は私が悪かったもんね。だから、」

桜がソファにいる俺の側《そば》まで近寄ってくる。そして、

「好きにして、いいよ……」

両腕《りょううで》を広げる。俺は顔を上げた。俺と目が合った桜は、羞恥に耐《た》えかねたように両目をぎゅっと閉じる。

俺はそっと、立ち上がる。

何かを覚悟《かくご》した桜が、一瞬《いっしゅん》、身体を震わせる。

「俺を一発ぶん殴《なぐ》ってくれ」

「え、なんで⁉」

閉じていた目を、桜は再び開いた。そして俺の表情……憔悴《しょうすい》したそれを確認《かくにん》する。

「お兄ちゃん、そっち系の趣味《しゅみ》があったんだ。初耳なんだけど。……ずっと我慢《がまん》してたけどもう限界！　みたいな話？」

「違《ちが》う」

俺は頭を大きく横に振った。そして、勇気をだして告白する。

「入ってしまったんだよ……匂わせスイッチが！」

リビングに再び訪れる沈黙。

桜は、目を白黒とさせている。

「その目はなんだ桜……あっ、さては真剣《しんけん》に聞いてないな！」

今度は桜が俯き、思考する番だった。彼女が、どれだけ思考しても今の俺の言葉を自分だけで解釈《かいしゃく》できないということに気がつくのに、時間はかからなかった。

「まず匂わせスイッチって何？」

よくぞ、聞いてくれた。

「桜が今日、学校に間違えてつけてきた、アナスタシアのピアスあるだろ」

「ああ、ええっと」

桜は床に落ちたままになっていた通学カバンを拾うと、中を漁《あさ》り始める。

「これのこと？」

カバンから取り出したピアスケースを開き、その中にあるマーダーズ・ピアスを俺へと見せつけてくる。

「ぐ、ぐあああああああっ！」

「お、お兄ちゃん⁉」

悲鳴を上げる俺を見て、桜はただならぬ事態だと察してくれたらしい。

驚いている桜に、一連の事情を説明する。

家に帰って『スパイ・ダーリン』の、そこまで好きじゃなかったはずのエピソードを視聴していた際、これまでになかった興奮に襲《おそ》われたこと。その原因は、本日の騒動《そうどう》にあるのではないかと気づいてしまった。桜が学校に間違って『スパイ・ダーリン』のグッズを身につけてきたと気づいたときの緊張……そして問題が解決されたときの緩和《かんわ》が、脳に快楽として刻《きざ》み込まれてしまったのではないかという仮説。このままだと、俺は快楽に負けて桜との関係を、明日から教室で匂わせようとするかもしれない。その衝動《しょうどう》に耐えられないかもしれない。もう、止《と》まることのない何かが、俺の中でオンになってしまった……！

「これが、匂わせスイッチだ」

「いや、これっていわれても」

桜の目は冷静さを取り戻していた。否《いな》、冷静、というより。

その目はどこか、白けていた。胡散臭《うさんくさ》いものを見る視線を恋人に対して向けている。

桜は俺の側から離《はな》れ台所へ向かうと、冷蔵庫の前で何やらゴソゴソとやり始めた。ジュースでも探しているのかもしれない。

そんな桜の様子を見て、俺の焦《あせ》りが加速する。まさか、今の俺の話について緊急性《きんきゅうせい》がないとでも判断したのだろうか。まだ到底《とうてい》、一服していいタイミングなどではないというのに！　このままではまずい。

桜が台所から戻ってきた。

なんとか真面目に取り合ってもらおうと、俺は跪《ひざまず》き、彼女の両膝《りょうひざ》に縋《すが》った。

「頼むよ桜、俺の身体の中にある匂わせスイッチを切ってくれ！　オンのまま明日学校に行ったら、何かヤバいことになる気がする！」

「家に帰るまでの間、どんなふうに怒《おこ》られちゃうのか想像してたけど……この展開は予想外だったなぁ」

俺は桜の左手を掴《つか》んだ。彼女がいまだそこに握《にぎ》っている、ピアスケースごと。

「もう、なんというか、これが欲《ほ》しい！　譲《ゆず》って欲しくてたまらない！」

「いや、なんでお兄ちゃんがピアス欲しがるの⁉」

「通学カバンにつけていきたい。ツナ吉と菊太郎から『どうしたんだそれ』って突《つ》っ込まれたい！　二人からの突っ込みに対して『ああ……ある人に譲ってもらったんだ。なんでも、ちょっとした事情があって、もう学校ではつけられなくなったんだそうだ』って答えながら意味深に笑いたい！　その笑みでもって、ある人が俺にとって大切な人であることをツナ吉と菊太郎に悟らせたい！　で、二人には、クラスの人気者である香月桜が昨日同じピアスをつけてきていたかもしれない可能性を思い出して『もしや』と勘繰《かんぐ》ってもらいたい！」

「いつもの冷静なお兄ちゃんじゃない！　どうしよ、マジどうしよー！」

桜は慌てて助けを求め、顔を左右に向ける。だがもちろん、家の中に俺達以外の人間などおらず、彼女を窮地《きゅうち》から救い出してくれる者はいない。

万事《ばんじ》、窮《きゅう》す。

俺だって、頭の中の理性をつかさどる領域では分かっている。こんな欲求に流されてはいけないと。

だが、どうしても抑《おさ》えられそうにない。

このまま、なんとかして桜の中の匂わせスイッチも刺激《しげき》してオンにし、二人でハッピー匂わせライフを——。

リビングに、音が響《ひび》いた。

その音は、このシリアスなシチュエーションにとても似つかわしくない（このバカバカしいシチュエーションにあまりにお似合いな、と言い換《か》えることもできたかもしれない）

気の抜けたものだった。

お腹《なか》の鳴る音だった。

目の前にいる桜のお腹が、空腹を訴えていた。

俺の動きが、止まる。過熱した頭に、水を注がれたかのように、気持ちが冷えていく。

桜はと言えば、自分の腹音が俺に対しどのような効果をもたらしたのか理解が追いつかないように——俺自身も追いついていない——呆然《ぼうぜん》としている。

俺は、小さく呟く。

「……肉出しっぱ」

「え、なんて」

「肉出しっぱだ」

俺は桜から離れると、キッチンへ駆《か》ける。そこには先ほど冷蔵庫から取り出した豚バラの薄切《うすぎ》りパックが放置されている。

「夕飯の支度、全然進めてなかった！」

「え、お兄ちゃん、その——」

「悪い、桜！　話は後だ！　急がなければ！」

今の季節は、五月。夏までまだ遠いとはいえ、常温で肉を放置するのは躊躇《ためら》われる暖かさである。

「そうだ、炊飯器のスイッチはもう押《お》してたんだった！　ありがとう、三十分前の俺！　お前が最後の力を振《ふ》り絞《しぼ》って俺達に残してくれた希望、無駄《むだ》にはしない！」

まな板を用意し、まずピーマンを細く縦に切り、脇《わき》によけておく。続いて白菜、豚バラ肉の順に切っていく。白菜と豚バラ肉は全て鍋《なべ》に入れ、そこに味噌《みそ》、めんつゆ、酒、みりん風調味料を投入。中火で適当に煮《に》ていく。にんにくのチューブも一センチくらい入れようか迷ったが、不採用にした。明日も学校があることだし、俺はともかく桜のためにはやめておいたほうがいいだろう。汁気《しるけ》の多い煮物《にもの》になるので、別に汁物《しるもの》を作る必要はなし。最初に切っておいたピーマンをフライパンに入れ、サラダ油少々を入れ炒《いた》めていく。火が通ったら一旦火を止め、ごく少量の豆板醤《トウバンジャン》と、酒大さじ二を入れてまた火をつけ、アルコールを飛ばす。最後に火を止め、スプーン一杯《ぱい》くらいの塩昆布《しおこんぶ》とあえれば副菜の完成。鍋に目を向ける。白菜の白い部分が透《す》き通り始めているのを確認すると、毎度のことながら「コイツ、やっと観念したか」という謎《なぞ》の征服感《せいふくかん》に包まれる。

キッチンで料理する俺の様子を眺《なが》めながら、桜が小さく、

「よかった。いつものお兄ちゃんだ」

と呟いた気がしたが、集中していたため、俺にはよく聞こえなかった。俺が料理の仕上

げをしている間に、桜は自分の部屋に一旦引《いったんひ》っ込んだ。着替《きが》えを済ませるのだろう。

やがて、着替えを終えた桜がダイニングテーブルにやってきたころには、もう配膳《はいぜん》まで終わらせていた。

今日も夕食が始まる。

「それでさ、放課後にいつものメンツで少し駄弁《だべ》ってたの。お兄ちゃんの話題になったよ」

「ああ、俺が桜を昼休みに連れ出したの、やっぱり突っ込まれるか」

「初めは、クラスメイトの風見君から告られたって嘘《うそ》つこうかなと思ったの」

「おいおい」

「だって、そっちのほうがむしろ安全かなって。うちの学校さ、もう私に告白した男子ってカテゴリの中に入っちゃったほうが『その他大勢』でいられるフェイズになりつつあるんだよ」

「ヤバいな。まだ入学して一か月だってのに」

「だけどそれだと、お兄ちゃんの人間関係のほうが困るじゃん？　お兄ちゃんのこと良く知ってる二人は、いきなりお兄ちゃんが私に告白したら意味分かんないでしょ」

「それはそうだな」

「だから、こういう設定にしといた。最初は風見君に呼び出されて後ろをついていってたけど、途中《とちゅう》で別のクラスの友達に呼び止められたから風見君に何も言わずにそっちについていっちゃったって」

「はは、それはひどいな」

「いつメンにも、ちょっと引かれちゃった感じー」

空腹を満たしながらの会話は、桜をゴキゲンにさせる。やわらかな白菜と、仄《ほの》かに弾力《だんりょく》の残る豚バラの脂《あぶら》を同時に噛みしめると、なんとも気分のいい食感である。副菜のピーマン炒めも、塩昆布とほんの少し香る豆板醤の風味がいいアクセントになっていた。

「そういえばお兄ちゃん。匂わせスイッチの件はどうなったの？」

「あ……」

言われて、思い出した。

俺は探《さぐ》るように、左手で自分の胸元《むなもと》を撫《な》でる。

「……なんともない。もう大丈夫《だいじょうぶ》みたいだ」

「しゃっくりみたいな治り方したねえ」

これまで無縁だった「匂わせ」という非日常の快楽に呑《の》まれそうになっていた俺を、料理という日常のルーティーンが救い出してくれたのだろうか。

「さっきは好きにしてってって言ったけど……もし、お兄ちゃんが私にお仕置きしたいって思うときがあったら、そのときはご飯抜き以外にしてね」

「じゃあ、手始めに」

俺は不敵な笑みを浮《う》かべる。

「シロボシの割引デーでもないのにハーゲンダッツ買ってきたやつには、どんなお仕置きをするべきだろうな」

「あっ、冷凍庫《れいとうこ》の中見ちゃった？」

「帰ったばかりのとき、台所でゴソゴソしてたのが気になってな」

「だって、お昼にお兄ちゃんと話してたら本当に食べたくなっちゃったんだもーん！　お兄ちゃんのもちゃんとあるよ。一緒《いっしょ》に食べようよ」

その提案を、俺は受けた。豚バラの後に口をさっぱりさせるのは、悪くないだろう。

デザートの冷たい甘《あま》さに思いを馳《は》せながら、豚バラを箸《はし》でつまみ、口の中に放《ほう》り込む。

そして、やはりニンニクは入れなくて正解だったなと思った。

第三章　サプライズは甘さ控えめがいい

「肉じゃがをおかずにご飯を食べられないって、桜《さくら》は言うよな。それに関して不思議に思うことがある」

「なに？」

「桜はさ、肉じゃがの中に少なくない量の豚肉《ぶたにく》を入れてやっても、これじゃご飯を食べられないって言うよな。豚肉でご飯を食べればいいじゃないか。じゃがいもやニンジンは、ご飯との相性《あいしょう》を考えずに、それ単体で食べるようにすればいいだろ」

「えー、同じお皿の中に盛り付けられた料理を、そんな風に分けて考えるなんてできないよー。肉じゃが自体はおいしいけど」

「そんな桜が白飯を気持ちよく食すため、主菜として作ったのが、この生姜《しょうが》焼きなわけだが」

「お兄ちゃん本当に神。ご飯がどんどん進んじゃう」

「生姜焼きにも豚肉使ってるから、おかず二つで豚肉がだだ被《かぶ》りしてるんだよな。しかも両方、同じパック出身という……」

「……ああっ！　本当に両方豚肉だ！」

「いや、桜がおいしいならいいんだが」

「おいしい！」

その言葉に嘘偽《うそいつわ》りはないのだろう。桜は不満など何一つないといった満面の笑みで、目の前のおかずに箸を伸《の》ばしている。いつもと変わりなく、食欲旺盛《おうせい》な桜である。

水曜日の午後七時。

本日の夕食は、肉じゃが、生姜焼き、ほうれん草のおひたし。

学校で何があっただの、友達とこんなことを話しただの、勉強で分からないところがあるだのといった、日常会話が続く。

桜が生姜焼きの豚肉を、キャベツ布団《ぶとん》の上でバウンドさせる。

「そうだ、お兄ちゃん。来週の日曜、秋野《あきの》さんから家にお呼ばれされてるんだけど、お兄ちゃんも一緒に行かない？」

「え、秋野さん？」

突然《とつぜん》出てきた名前に、俺は少し戸惑《とまど》った。

俺と桜が住んでいるマンション、ソウルラブ四乃花《しのはな》。

秋野さんは、俺達と同じ十階……1002号室に住んでいる、いわばご近所さんである。有名大学に通う十九歳《さい》の女性。恋人《こいびと》と二人暮らし。

そして……俺と桜の関係について知っている、数少ない人物の一人だ。

秋野さんと初めて出会ったのは、今年の三月のことである。マンションの共用部分の廊下で、擦《す》れ違って挨拶《あいさつ》したのが始まりだ。近隣《きんりん》住民同士としては、至極平凡《しごくへいぼん》な出会い方。

あのとき、俺と桜は買い物に出かける途中だった。桜が最初に、秋野さんへと声をかけた。「一週間前、『兄妹』で越《こ》してきたものです。よろしくお願いします」。事前に、俺と桜の二人で決めていたことだった。学校の人間には、俺と桜が同棲《どうせい》していることを隠《かく》すことはできる……だが、さすがに近隣住民に対しても同じようにするのは難しい。それも、マンションの同じ階に住んでいる相手ともなれば、不可能だろう。だから、ご近所さんには「兄妹です」とだけ伝え、ごり押して暮らす予定だった。（ちなみにマンションの管理会社などには、母さんと良治《りょうじ》さんが手を回し——どうやってそこまで漕《こ》ぎ着けたのかは不明だが——俺と桜の情報が他の住民に対し極力洩《も》れないよう秘密契約《けいやく》を結んでくれているらしいので、安心である）

桜から挨拶された秋野さんは、桜と俺を見比べて、言った。

「あなた達、恋人同士なのかしら」

単刀直入、あるいは、一刀両断という表現がふさわしい、一言だった。

俺は、必死に動揺《どうよう》が表に出ないよう、表情筋に力を入れる。「なぜバレた？　俺達は並んで歩いてただけだぞ？　距離感《きょりかん》が近かった？　そもそも普通《ふつう》の兄妹は仲良く一緒に買い物に行ったりしないものなのか？　でもアニメの兄妹だったら、これくらい普通にやってるよな？」……そんな問いが、ぐるぐると頭の中を巡《めぐ》った。

桜はというと、さすがというか、愛想笑《あいそわら》いを全く崩《くず》していなかった。

「何言ってるんですかー！　お兄ちゃんと私、顔が似てないってみんなから言われますけど、ちゃんと兄妹ですよー？」

「兄と妹なのは分かるわ。で、付き合っているんでしょう？」

その言葉を最後に。

桜も、秋野さんも、それから俺も黙《だま》り込んだ。

沈黙の中で。

もしかして、ただならぬ人をご近所に持ってしまったのではないかと、俺は思い始めた。

秋野さんは、不思議な目をしている。他人が心の内側に壁《かべ》を作って隠していることを、神の視点で上から覗《のぞ》き込んで、ごく自然に発見してしまうような瞳《ひとみ》。

桜が俺の顔を見た。俺は、桜が俺と同じことを考えているのだと悟《さと》り、頷《うなず》いた。

桜が、沈黙を破った。

「私達、実は――」

かくして、桜と俺の「正体」を、秋野さんに伝えた。この人には隠していても仕方がないと思ったからだ。秋野さんの口の堅《かた》さはもちろん気がかりだったが、今のところ、彼女の恋人である百坂《ももさか》さんにも漏らしている気配はない。

桜はその後も、秋野さんの家にときどきお邪魔《じゃま》したりしているらしい。だが俺はというと、エレベーターを待ってて鉢合《はちあ》わせたときなども、軽く会釈《えしゃく》する程度の間柄《あいだがら》だ。これまで「家にお呼ばれ」されるのも、桜だけだった。俺自身はそこまで秋野さんと親しい仲でもないのに、桜にくっついていくような形で、家にまでお邪魔して大丈夫なのだろうか
――。

「お兄ちゃん、秋野さん、苦手?」

「いや、そういうわけじゃないんだが。……俺は普遍的《ふへんてき》に、人付き合いがいいほうじゃないからな。いつも通りの躊躇だ」

「なるほど。そっか。でも……感じているのは躊躇だけじゃないでしょ」

桜は見透《みす》かしたような目で俺を見ている。

「う……」

桜の言う通りだった。俺は秋野さんの家に行きたくないと思っているのと同じくらい、実は彼女の家を訪ねたいと思っている。

その理由は、秋野さんの恋人のほうにある。

秋野さんの恋人……名前は百坂ミノル。

普段《ふだん》なら、他人の恋人なんてどうでもいいはずだが、百坂さんについてだけは事情が違う。

百坂ミノルは、アニメファンなら名前を知らない人間がいないほどの有名人。

声優だ。今期の深夜アニメにも何本も出演している、実力派。

七色の声音《こわね》を持ち、役柄《やくがら》に合った演技をすることが得意『すぎる』ため、エンドロールのキャスト欄《らん》を見るまで百坂ミノルが出演していたと視聴者《しちょうしゃ》から気づかれないことも多い。

その器用さから人外役を振られることの多い、女性声優。

ちなみに、『スパイ・ダーリン』にも出演中（主人公ジェイの諜報《ちょうほう》活動をインカムから補佐する饒舌《じょうぜつ》な管制ＡＩ「ボンディア」役）。

百坂さんは現在、恋人である秋野さんの部屋に転《ころ》がり込んでいる。

「お兄ちゃん、百坂さんのこと中学のころから好きだったもんね。最初に百坂さんに会ったの、確か私じゃなくてお兄ちゃんだったっけ？　学校から帰ってきたときにお外の廊下で百坂さんとすれ違って……お兄ちゃん、そのままショックで棒立ちになっちゃってさ。後から帰ってきた私がエレベーターから降りてくるまで、ずっとその場で立ち往生してたんだよね。…………私に防音の部屋を用意してくれたみたいに、パパとママが物件を探すときにでも気を利《き》かせてくれたんじゃない？」

「まさか」

俺は豚肉とじゃがいもを一緒に箸で摘《つ》まんで、わざと豪快《ごうかい》に口へと放り込む。

「正直なことを言えば、もちろん会ってみたいよ」

「じゃあ」

「でも、そんな動機で会いたいなんて、迷惑《めいわく》じゃないか？　俺と百坂さんはもう、声優とファンである前に、同じフロアで暮らしているご近所さんだ。純粋《じゅんすい》な近所付き合いから仲良くなった桜はともかく、それに引っついて家にお邪魔するなんて、ミーハーがすぎるだろ。誰《だれ》だって、仕事とプライベートは分けたいはずだ。俺は、学校と家では全く違う生活を送っている。だからこそ、分かるんだ。それで桜にも、俺が百坂さんのファンであることを秋野さんに秘密にしてほしいって、最初にお願いしたんだからな。もし、ここで下心を出すような俺なら、とっくの昔にツナ吉《きち》や菊太郎《きくたろう》に自慢《じまん》しまくってるよ。なんたって、毎日のように『スパイ・ダーリン』の話で盛り上がってるんだからな。その出演声優と同じマンションの同じフロアに住んでるって口走りたくなるのを、俺が毎日どんな思いで我慢してるか分かるか？　桜みたいに、自分がオタクであること自体を丸ごと周囲に隠してるなら口の滑《すべ》りようもないかもしれないが……俺は常に、誘惑《ゆうわく》と戦っているんだ。……よし、決めた。悪いが、俺は行かない。ダシにしてるようで、秋野さんにも失礼だ。百坂さんの暮らしを、ほんの少しでも脅《おびや》かしたくはない」

「百坂さんの暮らしの助けになるかもしれないとしたら……どう？」

「どういうことだ？」

「実はさ――――」

桜から、事情を説明される。

来週の日曜日は、秋野さんと百坂さんの記念日らしい。二人が初めて出会った日なのだそうだ。二人は共に料理が不得手であるため、「タダで記念日の料理を作ってくれる優《やさ》しい人がどこかに落ちてないかなぁ」と探していたところ……

「俺になんか白羽の矢を立てるな！」

「いいじゃん。四人分の料理を作って、みんなでパーティーしようよ」

「いや、事情は分かったが、ますます、まずいだろ！　そんな日に赤の他人の俺が一緒にいていいわけがない！　なんなら、桜も遠慮《えんりょ》したほうがいいんじゃないのか⁉　二人には、そう、パーッと外食にでも行ってもらったほうが絶対にいいだろ。そもそも俺《おれ》は、日々の生活の中で普通の食事を用意してるだけだ。別に料理上手でもなんでもないんだぞ」

「二人とも、逆にお兄ちゃんが作るみたいなの食べてみたいって」

「逆にってなんだ、逆にって」

「あーあ。秋野さんと百坂さん、可哀《かわい》そうだなぁ。せっかくの記念日、二人はコンビニのおにぎりとかで切なく過ごしちゃうんだろうなー」

　俺の心が揺《ゆ》れる。

「お兄ちゃん、さっき『学校と家で全く違った生活を送っている。だから百坂さんの気持ちが分かる』って言ってたよね。お兄ちゃんの言う通りだと思うよ。最近は声優さんのスキャンダルとかもゴシップ紙とかが取り上げるようになってるから、百坂さんも恋人がいることとか、周りの人……特に同じ業界で仕事してる人とかには相談できないんじゃないかな。それにこの前聞いたんだけど、秋野さんも、お父さんが昔気質《むかしかたぎ》の人だから、人づてに伝わるのが心配で、昔からの友達とかにも百坂さんとのこと話せないでいるんだってさ。私とお兄ちゃんの関係と一緒だよ。私達が秋野さんだけには秘密を打ち明けられたみたいに、秋野さん達も、仕事とかのしがらみがない私達にしか、頼《たよ》れないんじゃないかな。家と学校で全く違う生活をしてる私とお兄ちゃんだからこそ、同じ立場の秋野さん達のこと、分かってあげられるところもあるんじゃない？」

桜の言葉は、一理あるものだった。

同じ悩《なや》みを共有する人達に頼られているのだとしたら……それを無下にするのは、確かに良心が痛む部分もある。

心が、揺れる。

揺れる、が。

俺は鋼《はがね》の意思で、首を横に振った。

「行かない！　男として一度決めたことだ。絶対に行かない！」

そしてやってきた、秋野さんと百坂さんの記念日。

俺はというと。

「……来て、しまった」

時刻は午後六時。

ソウルラブ四乃花の１００２号室前に、俺は立っていた。手に、調理器具と料理の材料が入った大き目のビニール袋《ぶくろ》をぶら下げて。

「秋野さんの家に料理を作りにいかないか」と桜から誘《さそ》われた日、俺は確かに、一旦《いったん》は固辞した。だが、それを一時間も経《た》たないうちに「やっぱり俺も行く」と答えを覆《くつがえ》してしまったのだ。

確かに、俺の料理の腕《うで》は、平均から見てもそこまで優《すぐ》れているわけではないだろう。加えて、もし妙《みょう》な料理を出してしまったとしたら、憧《あこが》れの声優を失望させてしまうことになる。

それでも、先方から期待されているのだ、というのが大きかった。

そこに——正直に言おう——憧れの声優に会いたいというファン心理が、最後の一歩を押した。あれだけ桜に対し「行かない！」と強く宣言したにもかかわらず、結局、「相手方から呼んでもらっているんだし別にいいか」という言い訳が、俺の心の中でどんどん勢力を増していってしまったのだ。

優柔不断《ゆうじゅうふだん》な自分を責めながら、俺はインターホンを押す。はい、と女の人の声で返答があった。秋野さんだろう。百坂さんは仕事で少し遅《おそ》くなるとのことなので、今この時間には秋野さんしかいないということは、あらかじめ教えられていた。ちなみに桜も、友人達との用事があるため、参加するのは七時前ギリギリになるとのことである。

「こんにちは、風見《かざみ》です」

しばらくすると、ドアが開いた。

中から、黒くて長い髪《かみ》をした女性が出てくる。

「待っていたわ。いらっしゃい」

秋野さんだ。理知的な雰囲気《ふんいき》を纏《まと》う、クールなお姉さんである。

俺は玄関で、緊張《きんちょう》せずスムーズに靴を脱ぐことができた。インターホンを押す前に何度もイメージトレーニングしたかいがあったというものである。

廊下の奥《おく》へと、案内される。その先にはリビング、ダイニングと、独立したキッチンがあった。間取りは、俺と桜の家と全く同じ。ただ、住んでいる人間が違うだけあって、雰囲気はがらりと異なる。インテリアに白系、黒系の物が多く、知的な雰囲気だった。ソファの前のガラス製テーブルの光沢《こうたく》は、俺と桜の暮らしの中には存在しない輝《かがや》きである。

俺は、用意していた第一声を披露《ひろう》する。

「素敵《すてき》なお部屋ですね」

「ありがとう」

ばっちり、決まった。

ふと、床《ゆか》で何かが動いているのが見えた。

一瞬、猫《ねこ》でも飼っているのかと思って、ヒヤリとした。猫が嫌《きら》いなわけではない。ホストの飼《か》い猫を自分は上手に褒《ほ》めることができるのだろうかと、不安になったからだ。

だが、杞憂《きゆう》だった。

床の上を動いているのは、猫ではなく、円型ロボット掃除機《そうじき》――いわゆるルンバだった。ルンバが、秋野さんの側を通り過ぎる。

「部屋を褒められてしまったわ。あなたのお陰《かげ》よ、エジソン」

秋野さんと百坂さんのどっちがルンバに名前をつけたのか死ぬほど気になったが、尋《たず》ねないでおいた。

小さくて円いエジソンが、今度は俺のほうに近寄ってくる。

そのまま俺の足元を通り過ぎ……なかった。彼《かれ》は急に進路を変えると、俺の右足のくるぶしにアタックをかましてきた。反射的に右足を上げると、今度は左足にぶつかってくる。

「……こんにちは、エジソン」

どう反応していいか分からなかった俺は、とりあえず足元に向かって挨拶した。

その言葉に音声認識《にんしき》が反応したわけではないだろうが、エジソンは去っていった。部屋の隅《すみ》の充電《じゅうでん》スペースで身体を休めるつもりらしい。

この場を笑ってごまかそうと秋野さんのほうを向くと……彼女は感心したような表情を浮かべていた。

「あなた、気に入ったわ。エジソンがゴミと間違《まちが》える人に、悪い人はいないもの」

この家のドアをくぐるまでは、『年上の女性と上手《うま》くコミュニケーションがとれるのか』『憧れの声優の期待に応えたい』だとか、悩んでいたけれど。

少なくとも、常識的なコミュニケーションを過剰《かじょう》に意識する必要性はないという点において、現段階では安心できそうだった。

「早速《さっそく》なんですが、台所を見せてもらっても」

「ええ、もちろん」

キッチンは、よく言えば清潔、悪く言えば、生活感がなかった。秋野さんも百坂さんも滅多《めった》に料理をしないというのだから、何も不思議な状態ではない。

ただ意外だったのは……俺と桜の家のキッチンより、調理設備自体は充実《じゅうじつ》していたことだ。

レンジは最新型の過熱水蒸気モード搭載《とうさい》。スキレット、中華鍋《ちゅうかなべ》、ミキサー、ノンフライヤー……おお、タジン鍋まである。

「全部、ミノルが引っ越してきたときに持ってきたものよ。面白《おもしろ》そうだから買ってはみたものの、結局一度も、まだ使ったことはないんですって」

どんなジャンルのレストランにワープしても通用してしまいそうなキッチンをバックに、

秋野さんが言う。

「さあ。遠慮はいらないわ。なんでも食べさせてちょうだい」

「はい」

俺は、数ある調理器具の中から、フライパン、まな板、ボウルを取り出していく。

「今日は、パンケーキを作りましょう」


「一緒に作ってみませんか。きっと、そのほうが百坂さんも喜びますよ」

「なるほど……私が作ったものか、鳳理《ほうり》君が作ったものかを当ててもらうゲームをするというわけね」

「そこまでは言ってませんが」

ボウルがいくつもあるのは、ありがたかった。俺と桜の家のキッチンには、ボウルが一つしかない。俺は、いつのころからか「同じ種類の調理器具は、一家につき一つずつしか置いてはいけないはずだ」という謎の思《おも》い込《こ》みに囚《とら》われていたらしい。秋野さんの家のキッチンには、同じ種類の調理器具でも、デザインやサイズの違《ちが》うものが何点も存在していた。俺が持参してきた分のボウルも足せば、かなりスムーズに調理が進みそうだ。

「まずは、生地《きじ》を作りましょうか。俺と一緒にやってみましょう」

俺の横には、エプロンをつけた秋野さんがいる。

誰かとキッチンに立つ、という感覚は新鮮《しんせん》だった。自分の母親とも並んで料理をしたことなどないし、桜も、我が家《わがや》では食べるの専門だ。

ほとんど話したこともないお姉さんと料理をする、というのは、なんとも不思議な気分だった。

俺と秋野さんの目の前には、それぞれボウルが二つずつ置かれている。二人合わせて、計四つ。

「まず、一つ目のボウルに、薄力粉《はくりきこ》を二百グラム。ベーキングパウダーを四グラムです。これを、泡立て器《あわだてき》でよく混ぜます」

俺は秋野さんにも分かりやすいように、ゆっくりとした動作で、進めていく。

「二つ目のボウルに、さっきの薄力粉と同量の牛乳、卵二個、砂糖を大さじ六杯《ぱい》ほど、そして、サラダ油を大さじ二杯。砂糖より先に、うっかりサラダ油から入れると、砂糖が大さじにベタベタとくっつくので気をつけてください。……全部入れ終わったら、これもまた、泡立て器でよく混ぜます」

秋野さんの手際《てぎわ》は、ほとんど料理をしたことがないと言っていたにもかかわらず、非常にテキパキとしたものだった。料理というよりも、理科の実験をしているかのように感じられる淡々《たんたん》とした手つきなのが気にはなったが、安心して見ていられる。

「一つ目のボウルの中身を、少しずつ、二つ目のボウルに入れて、混ぜていきます。全部、綺麗《きれい》に混ざったら、生地は出来上がりです」

しばらくの間、俺と秋野さんは無言で、ボウルの中をかき混ぜていた。

俺もパンケーキを作るのは久しぶりだったので、ボウルをひっくり返さないよう、しばし手元に集中する。

やがて、ボウル二つ分の生地が完成する。

新しいボウルを、最初と同じように二つずつ、俺と秋野さんの目の前に置く。

「今作ったのを、もうワンセットいきます。せっかくのパーティーですから、多めに用意してみませんか」

「構わないけれど、食べきれるかしら」

「問題ありません。なんなら全部、桜が食べますよ」

何気なく口から出た一言だったが、秋野さんは、ほんの少し笑ってくれた。

やがて、ボウル四つ分の生地が用意できた。

「さて、次はソースやトッピングを作っていきましょう。……俺はまな板で、バナナを切って、チョコレートを刻んでおきます。あ、ツナマヨ用の玉ねぎも刻むので、目が痛くなったら言ってください」

「ツナマヨ？」

「ツナマヨです。クレープとかのトッピングを参考にしました。多分、パンケーキにも合うでしょう。秋野さんには、ボウルで混ぜて作る系のソースを作ってもらいたいんです。俺が持ってきたビニール袋の中を見てください」

「……カッテージチーズ、アボカド、黒ゴマ………明太子《めんたいこ》？」

「そうです。俺の言う通りに、混ぜてもらってもいいですか」

俺は、まな板の上で板チョコを刻んでいく。秋野さんは、しばらく俺の手つきを興味深そうに見守っていたが、やがて自分のやるべき作業へと取り掛《か》かった。

八種類のソースが完成したのは、六時三十分のことだった。

「これで、あとは百坂さんと桜が来るのを待つだけです。二人が来たら、さっきの生地をフライパンで焼いていきましょう」

ようやく、一段落だ。

秋野さんに手伝ってもらえたおかげで、予定より大幅《おおはば》に早く終えることができた。

秋野さんに促《うなが》され、俺はソファへと腰《こし》かける。

二人分のグラスを持って、秋野さんがキッチンから戻《もど》ってきた。ガラス製テーブルにグラスが置かれた音は、どこか危《あや》うげなものにも思えたが、悪くはない響きだった。

秋野さんが、俺の横に腰かける。同じソファに誰かと座《すわ》るのは、桜との生活の中で慣れてはいる。だが、桜とは異なる重さが俺の隣《となり》にいるという感覚は、どうにも落ち着かない。別の誰かが座ったことによって起こる、ソファの小さく柔らかい揺れが俺の太ももあたりに伝わると、胸のうちがかすかにざわめいた。

「気が早いかもしれないけれど……またこういう機会があったら、次は四人で、作るところからやってみたいわね。ミノルの仕事が入ってたから、今日は仕方がないのだけれど」

その言葉に、俺は温かな気持ちになった。

秋野さんが持ってきてくれたドリンクに、口をつける。ストレートティーだった。冷蔵庫の中に未開封《みかいふう》のパックがあったので、多分それだろう。

「料理は初めてだけれど、楽しいものね。あなたには、何か別にお礼を用意する必要がありそうね」

「いえ、お礼なんて！　……あ、いや……」

反射的に拒否《きよひ》してしまったが、俺の中に、ある考えが浮かんだ。

「あの、お言葉に甘えるというか……よろしければ一つ、お願いがあるんですが」

「何かしら」

「キッチンにあった、ミキサーを貸してもらうことはできませんか」

「ミキサー？」

「俺の家、ミキサーがないんです。この間、人気モデルがSNSに、毎日飲んでる自作スムージーの写真をアップしてたらしいんですが、それを桜が飲みたがってて。……サプライズで作ってやったら、喜んでもらえるんじゃないかと思って」

「キッチンにあるものはミノルの持ち物だから、私からは答えられないのだけれど……多分、ミノルは首を縦に振ると思うわ。私から頼《たの》んでみる」

「ありがとうございます！」

望外の喜びとはこのことだ。思わず握《にぎ》りこぶしを作り、小さくガッツポーズをしたほどである。

秋野さんが俺の様子をまじまじと見つめている。俺は手のひらを、太ももの上に置き直した。

「すいません、はしゃいでしまって」

「あなたは素敵な男の子だと思うわ」

ストレートティーに沈《しず》んだ氷が、透明感《とうめいかん》のある音を鳴らす。

「……え?」

「桜さんとはよくお話をするのだけれど……私はてっきり、桜さんのほうが鳳理君に夢中なのだと思っていた。でも、違うのね。あなたのほうもだいぶ、彼女《かのじょ》にお熱のよう」

「あぁ、なるほど……」

秋野さんは、俺と桜が秘密を明かした、数少ない人物の一人だ。つまり、桜にとって「本気の恋バナ」ができる、希少な相手ということになる。そんな相手に桜が、俺の知らないところで惚気《のろけ》ている……それも、秋野さんから「男に夢中になっている」と思われるくらいに。

にわかに、気恥《きは》ずかしさが俺を襲《おそ》う。

「そうですね……今は多分、桜のほうが、俺に惚《ほ》れてくれているんだろうなとは、思っています。好きになる役が桜で、好かれる役が俺、という具合にです。でも、だからこそ、俺は勘違《かんちが》いしちゃいけないんですよ」

「勘違い?」

「自分が何者であるのかを忘れないように、努めないといけないんです。俺は冴《さ》えないオタクで、桜は人気者の女子です。本当なら、俺みたいなやつが土下座したって、付き合えるはずがないんですよ。そのことを、桜と過ごしていると、うっかり忘れそうになるときがあるんです。桜は俺への愛情を、俺に対して全く隠そうとしないから。……たとえ高校の教室で初めて出会っていたとしても恋人同士になれていたんじゃないか、って気分になるときがあるんです。そういう気分は、大抵《たいてい》十秒も持ちませんけど……それでも、傲慢《ごうまん》なことです。危険で、愚《おろ》かなことだ」

俺は喉《のど》を潤《うるお》そうと、ストレートティーに口をつける。氷が前歯にあたり、軽い痛みを覚える。

「ミキサーを貸してもらって桜にサプライズしようと考えたのは、少しでもそういった、傲慢、危険、愚かさから、自分を遠ざけたかったからです。たまには分かりやすく点数を取りにいかないと……俺は簡単に、身のほどを忘れてしまう。あまり口にしたくはない仮定ですが……もし、俺と桜が別れたとするじゃないですか。桜は、次の相手に困らないでしょう。目を瞑《つぶ》ったまま学校の廊下《ろうか》で、通りかかった誰かの腕を引っ張れば、きっと俺以上のパートナーを見つけ出せる。対して、俺は……お決まりのコースしかない。一生、アニメキャラが恋人。それはそれで不幸ではないのかもしれませんが……少なくとも、桜以上の相手になんて、もう出会えるわけがない。だから、ときどきはダイレクトに、大げさに、好意を伝える必要があるんです。『お前が三週間前に手作りスムージーを気にしてたこと、俺はきちんと覚えていたぞ』と。俺が彼女にあげられるものは、彼女が俺に与《あた》えられるものより、どう考えても少ないですから」

「そうかしら。あなたも桜さんと同じくらい、いいものを持っている。……例えば今キッチンに置いてあるような、素敵な料理を作れるじゃない」

「料理……ですか」

俺はキッチンを見やる。ここに座ったままでは見えないが、先ほど俺と秋野さんで用意したパンケーキの生地や、皿に移したソースなどが、そこに並んでいるはずだ。それらは電気の消された薄暗《うすぐら》いキッチンで、曖昧《あいまい》な存在感を発揮している、リビングにまで、うっすらと香りが漂《ただよ》ってきているような、きていないような……。

「あの……料理を期待されて招いてもらっておいて申し訳ないんですが……俺自身の料理の腕は、決して褒められたものではないんです……これは桜から聞いてると思いますが」

「ええ、聞いているわ」

「それに加えて、勇気を出して、言います」

「…………」

「…………」

「…………」

「結構、手抜《てぬ》き、してるんです……」

「……手抜き？」

「例えば、さっきのパンケーキの生地も……本当のレシピだと、バニラエッセンスを入れるんです。でも俺、面倒《めんどう》くさいからっていう理由だけで、入れてないんですよね。実際、入れなくても俺は十分においしいと思ってるから入れないんですけど…………入れたほうが、もっとおいしくなるに決まってるじゃないですか。そうじゃなきゃ、レシピにバニラエッセンスなんてわざわざ書くわけないですし」

「……入れると、調理が複雑になるの？」

「いえ。さっきのボウルに数滴《すうてき》入れればいいだけなので、ほとんど影響《えいきょう》はありません。……ただバニラエッセンスは、買うことそのものに抵抗感《ていこうかん》があるんですよ。製菓《せいか》以外に用途《ようと》がないと確定しているものを、家に置きたくないんです。ベーキングパウダーは、小麦粉を一気に使い切るときに便利だから買いましたけど、さすがにバニラエッセンスは、ちょっと……」

正しいレシピで作らなかったことを秋野さんから非難されるのでは。そんな不安が頭をよぎるが、心配なさそうだった。

真剣《しんけん》な表情で頷きながら、秋野さんは言う。

「なるほど。あなたの今の言い分は、もっともね」

「ですよね！　ああ、俺の料理手抜きエピソードだと、もう一つ、こんなのもあります。最近の話なんですが……赤魚の煮《に》つけ、作ったんですよ」

「あら、素敵。おいしそうね」

「この料理のレシピに高確率で共通して登場するものが一つあるんですが、秋野さん、なんだと思いますか」

「……赤魚？」

「正解は、落とし蓋《ぶた》です」

「聞いたことがない食材ね」

「食材ではありません。調理器具です。煮物《にもの》を作るとき、鍋《なべ》の中に落とし、食材の上に直接載《の》せて使う蓋《ふた》のことです。これを使うことにより、短時間で煮物に味が染《し》みこむんですが……………俺は、使ったことがありません」

「それはまた、どうして」

「そもそも持っていないからです。キッチンに物を増やしたくないんです。……ああ、秋野さんの家のキッチンを、悪く言っているわけでは」

「ふふ。大丈夫《だいじょうぶ》よ。私も全面的にあなたに同意する。続けて」

「桜から味が良くないと言われたこともないので、俺の煮物は基本的に全部、落とし蓋レスです。ですが、落とし蓋を使ったほうがおいしくなることは、はっきりしているんですよ。だって、おいしくならないなら、レシピにわざわざ落とし蓋なんて書く必要がないから！　……一応、クッキングペーパーで代用できるそうなんですが、ああいう紙を鍋に沈めるのもそれはそれで抵抗があって……結局、これまで一度も落とし蓋を使わずじまいで……」

ストレートティーのコップを掴《つか》んで、一気に飲み干す。ゆっくりとガラステーブルに置くと、コップの周りの水滴《すいてき》が、テーブルの表面へと垂れていった。

「俺は、こんな適当な人間なんです。どんな人間になればいいのか、頭では分かってるんですよ。もっと本気で料理でも家事でもなんでもこなせばいい。教室の一軍グループの一員になって、桜に釣《つ》り合うような明るくて格好《かっこ》いい男になればいい。それで万事《ばんじ》解決。……だけど、無理なんです。人間は、意志の力で変われる生き物だって、世の中の人は言いますよね。その通りだと思いますよ。でも、限度があるでしょう。そして俺にとっての限度を、俺以上に知っている人間は、他にいない。弱い人間の戯言《たわごと》だと思ってもらって結構ですが……俺は自分の可能性を、全部分かってるつもりなんです。だから、俺は今の俺のままで、最善を尽《つ》くします。桜が、俺との関係を周囲に秘密にしながら一緒《いっしょ》の学校に通いたいと言ったなら、通う。スムージー作りにもチャレンジする。そういうわけです」

話すべきことを話し終わった、という気がした。

途端《とたん》、テレビもついていない、音楽もかかっていない、今日初めて訪《おとず》れたこの部屋が、一段と静かに感じられた。

「すいません。秋野さんと会話するのは今日がほとんど初めてなのに、自分語りをしてしまって」

「いいのよ。話すより聞くほうが好きなの、私」

そのとき、インターホンが鳴った。

時計を見ると、時刻は六時四十五分を回ったところだった。

「桜さんでしょうね。ミノルだったら、こんなもの鳴らさずに自分の鍵《かぎ》で入ってくるもの」

秋野さんがソファから立ち上がり、インターホンへと向かった。

俺は内心で安堵《あんど》する。

百坂さんよりも先に桜が来てくれて、良かった。この状況《じょうきょう》で百坂さんが先に帰ってきたら、年上のお姉さん二人VS俺一人になってしまう（しかもうち一人は憧れの声優）。会話のハードルのレベルが、一気に上がっていただろうことは間違いない。先に来てくれたのが桜で、本当に良かった……。

だが、俺はこの後、天国から地獄《じごく》へ叩《たた》き落とされることになる。

やってきたのは、桜ではなかった。

百坂さんでもなかった。

インターホンの画面を見た秋野さんが、呟《つぶや》く。

「お父さん」


「え⁉」

ソファから、俺の尻《しり》が数センチ浮《う》いた。

慌《あわ》てて、秋野さんのほうを振《ふ》り向く。

「記念日に、お父さんも呼んでたんですか？」

「そんなわけないでしょう！」

インターホンが鳴らされたのは、一階のオートロックからのようだった。画面には、目つきの鋭《するど》い中年男性の顔が映っている。

秋野さんが応答ボタンを押《お》さないので、呼び出し音が鳴り続ける。

「ああ、どうしてこんな日に突然《とつぜん》……きっと、あのことを聞きに来たんだわ……どうしましょう……」

秋野さんが、狼狽《ろうばい》している。それを見た俺の心にも、焦《あせ》りが生まれる。まだ短い付き合いだが、秋野さんはどんなときでもペースを乱さない人だと思っていた。その彼女を、こんなにも慌てさせる「お父さん」とは果たしてどんな人物なのか……。

「鳳理君。申し訳ないのだけれど、お父さんはこういうとき、テコでも帰らない頑固《がんこ》な人だから……少し、お父さんと話させてもらってもいいかしら」

「もちろんです」

インターホンの応答ボタンを、秋野さんの指が押した。

『学《まなぶ》か』

スピーカーから、低い声が聞こえる。学……秋野さんの下の名前だ。

「お父さん、突然どうしたの」

『どうしたも、こうしたもない！』

秋野さんのお父さんが、声に怒《いか》りを滲《にじ》ませる。

『このごろ、お前から電話で近況報告《きんきょうほうこく》を受けているとき、決まって誰か他の人間の声が入りこむ。誰か居候《いそうろう》でもさせているんじゃないかと思い、マンションの管理会社に連絡《れんらく》したら……一年前、お前から二人入居の相談をされたからオーケーを出したと返答があったぞ！　親の私が契約《けいやく》して家賃も払《はら》ってるのに、どうしてお前も管理会社も私への連絡を一《いっ》切《さい》すっ飛ばすんだ！　恋人《こいびと》との同棲《どうせい》だろうが、流行《はや》りのルームシェアだろうが、なんでもいいから、とにかく一緒に住んでいる相手を紹介《しょうかい》しなさいと何度も言っているのに……！お前ときたら、日取りが合わないだの腹が痛いだのと言って、いつまでもゴネおって！今日という今日は、何がなんでも、お前の同居人の顔を見させてもらうぞ。さあ、部屋に上げなさい！』

側《そば》で聞いているだけでも、お父さんの鬱憤《うっぷん》が伝わってきて、肌《はだ》の表面がピリピリと痺《しび》れるほどだった。

何やら、俺の与《あず》り知らぬ家庭事情を一気にまくし立てていたが……。

秋野さんは数秒だけ俯《うつむ》いていたが、やがて強張《こわば》った表情で顔を上げ、

「分かった」

オートロックを解除した。

インターホンの画面が暗転する。

秋野さんが、勢いよくこちらを振り向いた。

俺は何も言えなかった。

しばし、十秒ほど、無言で見つめ合った後。

「隠《かく》れてちょうだい！」

「是非《ぜひ》もないです！」

俺はもう、パニックの極致《きょくち》だった。生まれて初めて「是非もない」なんて口に出して言ってしまったほどだ。

きっと今ごろ、秋野さんのお父さんはエレベーターに乗り込んで、十階のボタンに指を伸《の》ばしている。

そして、もうすぐここに来る！

なんだこれ、今、何が起こってるんだ⁉

楽しくパンケーキ作って団らんしてたのが、どうして急にこんなことになるんだ⁉

秋野さんに背中を押されるまま、リビングの端《はし》にある大き目のロッカー収納の前にまで連れてこられる。

勢いよく、秋野さんは収納のドアを開け放つと、その中に俺を放《ほう》り込んだ。俺は尻もちをつく。秋野さんが俺の状態などお構いなしに、勢いよくドアを閉める。視界が闇《やみ》に閉ざされる。

ちょうどそのタイミングで、インターホンが再度鳴る。今度は１００２号室の玄関前《げんかんまえ》からだろう。

秋野さんが玄関《げんかん》のほうに歩いていくのが聞こえた。

玄関のドアの開く音。続いてドカドカドカという重い足音が、リビングに向かってくる。

俺は膝《ひざ》を抱《かか》えて縮こまる。

「それで、学。お前の同居人はどこにいるんだ」

インターホンで聞いた声だ。今、秋野さんのお父さんが、ロッカー収納のドアを一枚隔《へだ》てた向こうにいる……。

「今は、いないわ」

「そうか、なら待たせてもらう」

「お父さん！」

「口答えするんじゃない！　学生の身分で、親に不義理を働いたのは誰《だれ》だ！」

「それは……」

秋野さんは黙《だま》り込んだ、無理もない。先ほど、マンションのエントランスでお父さんが叫《さけ》んでいた内容が事実なら……非は明らかに、秋野さんのほうにある。家賃を払ってくれている人間に同居人のことを報告しなかったというのは、親子の間柄《あいだがら》とはいえ、あまりにも不誠実だ。

しかし、秋野さんのほうにも、そこまでして親に恋人のことを紹介したくなかったという事情があったのではないかと、俺は推測した。

お父さんがソファに座りこむ音がする。

さて、どうしたものか。

ただ一つはっきりしているのは、記念日のパーティーは中止ということだ。だってそうだろう。この後、展開がどう転んでも、百坂さんをお父さんに紹介して一件落着とはならないはずだ。お父さんにしてみても、百坂さんに言ってやりたいことの一つや二つ、頭の中で準備してきているだろう。百坂さんが帰ってきてからが、この修羅場《しゅらば》は本番なのだ。

……予想される未来に対し、俺ははっきりと「嫌《いや》だ」と思った。

お父さんが怒鳴《どな》り込んできたのは、秋野さんと百坂さん二人の責任であるところが大きいのは分かっている。

だがこのまま、せっかくの記念日が二人にとって嫌な思い出になってしまうのは、寝覚《ねざ》めが悪すぎる。

何か……何か、手はないか……。

そこまで考えたとき。

心臓が、跳《は》ね上がった。

ロッカー収納のドアが、ノックされたのだ！

誰かがドアの側に近づいてくる気配なんて、全くしなかった。

というか声の発生源からして、秋野さんもお父さんも、まだソファのところにいるはずだ。腕をゴムみたいに伸ばせない限り、俺《おれ》の目の前にあるドアをノックすることなどできないはずなのに。

再度、ドアが叩かれる。俺は、その音が、とても低い位置から響《ひび》いていることに気づいた。まるでノックというより、つま先で軽く蹴《け》っているような。

「なんだ。あの中に何かあるのか？」

お父さんが、気味悪そうに言った。

「……ゴミがたまってるんでしょう。大きなゴミが」

秋野さんの声は、どこか不自然に大きかった。まるで、ロッカー収納の中にいる俺に何かを伝えようとしているかのように。

ピンときた。

そうか、エジソンか！　小型ロボット掃除機のエジソンが、ドアにぶつかっているんだ！

充電が終わり、設定されたお仕事の時間が来たんだ！

だったら何も心配することはない。よかった、よかった。

よくない!!

俺は今、隠れているんだ！　そんな風にエジソンが意味深な動きをしていたら——

「やっぱり何かあるんじゃないか、あそこ。少し見てくる」

――お父さんの注意を引くことになる！

お父さんがソファから立ち上がり、こちらへと近づいてくる音がする。

「お、お父さん！」

秋野さんの制止も間に合わない。

勢いよく、ロッカー収納のドアが、開け放たれた。一気に照明の光が差し込んでくる。

お父さんは最初、座り込んだ俺の頭上、何もない空間を見つめていたが、ゆっくりと視線を下げ、そして。

目が合った。俺とお父さんはしばし、無言で見つめ合った。お父さんの後ろで、秋野さんが目を覆《おお》っている。

勇気を振り絞《しぼ》り、俺は恐《おそ》る恐る、口を開く。

「俺のことは、お気になさらず。…………ゴミか何かだと思っていただければ」

「うわあああああああああああああああっ!!」

お父さんが悲鳴を上げた。無理もない。娘《むすめ》の家に得体の知れない男が潜《ひそ》んでいるのを発見した反応としては、至極《しごく》正しい。

お父さんの絶叫《ぜっきょう》が、ロッカー収納の中で反響《はんきょう》する。その音圧に全身を襲われ、俺は指一本も動かせなくなる。

お父さんの肩《かた》に、秋野さんが手を置いた。

「お父さん。この人はただの知らない人よ。分かったら、もう帰って」

「知らない人⁉　じゃあ事件だろう！　どうしてそんなに落ち着いてるんだお前⁉　……て、おい！」

秋野さんが、お父さんの両肩を後ろに強く引っ張って、俺の前から遠ざける。

そしてなんと、彼女までロッカー収納の中へと入ってくる。お父さんがたたらを踏《ふ》んでいる間に、秋野さんはドアをぴしゃりと閉めてしまった。

「こら、あ、開けなさい！　学！」

お父さんが外から激しくノックしてくるが、秋野さんが内側から押さえているドアは、全く開く気配がない。

「……恥《は》ずかしいところを、見られてしまったわね」

小声で、秋野さんは語り始める。

「お父さんが言っていたことは、全て真実よ。私が全部悪いの。でも、何がなんでも、私はミノルのこと、まだ父には知られたくなかったのよ。せっかく料理を一緒に作ってくれたのに、パーティーを台なしにしてしまってごめんなさい」

何やら弁明が始まっているようだが、俺の頭は彼女の言葉を理解することができなかった。

ロッカー収納の中は、俺一人だけでも窮屈《きゅうくつ》に感じるような広さしかない。

そこに、二人だ。

身体《からだ》は否応《いやおう》なく密着することになる。秋野さんの顔が、ちょうど俺の胸元《むなもと》の近くにある。彼女の太ももが、俺の脚《あし》の間に割って入っている。

「父は昔気質《むかしかたぎ》の頭が固い人で、ミノルとのことを絶対に認めてくれないと、分かっていたから」

俺の胸板の上に零《こぼ》すみたいに、秋野さんは囁《ささや》き続ける。

その囁きは、まるで胸板を貫通《かんつう》して、心臓を直接刺激《しげき》してくるかのように感じられる。鼓動《こどう》が高鳴る。

この状況で、冷静に彼女の言葉を聞くのは、無理だ。

普段《ふだん》の勉強でそこそこ鍛《きた》え上げられているはずの俺の脳の言語野が、ほとんど機能していない。

「いいかしら、鳳理君。今からドアを開ける。私がお父さんを押さえこんでおくから、その隙《すき》に逃《に》げて、自分の家に帰りなさい。お父さんから追及《ついきゅう》されても、あなたの個人情報は漏《も》らさないようにするわ。それじゃ、開けるわよ。3、2、1……」

ぼんやりした頭でカウントダウンを聞いている。

俺はというと、ゼロと言われた瞬間《しゅんかん》に自分が何をしなければいけないのかも、よく分かっていないような有様である。

ドアの向こうから、お父さんの声がする。

「いい加減にしなさい。恋人なんだろう、その男が」

その言葉を聞いた秋野さんが、カウントをやめた。そのまま顔を上げ、俺の瞳《ひとみ》を覗《のぞ》きこんでくる。ドアの隙間《すきま》から差し込んでくる、わずかなリビングの照明が、秋野さんの無表情を暗闇《くらやみ》の中でぼんやりと浮き上がらせている。

「……秋野、さん？」

秋野さんは、落ち着いた態度で、いきなりドアを開けた。ロッカー収納の外に一歩踏み出すと、唖然《あぜん》とするお父さんに向かって、

「ええ、そうよ」

と言った。

ずっと密着していた秋野さんの身体が離《はな》れてくれたことで、俺の思考がようやくクールダウンする。いつの間にか薄《う》っすらと汗《あせ》ばんでいた身体に、リビングの空調が心地《ここち》いい。

俺は、考えることを再開する。今、秋野さんは一体何について「ええ、そうよ」と言い切ったのか。

………。

「すいません、もう一回、失礼します」

俺は笑顔《えがお》を作り、お父さんに一礼した後……秋野さんの両肩を掴むと、二人一緒に再び収納の中へと戻り、ドアを閉める。

「ちょ、ちょ、ちょ、秋野さん、何を考えているんですか」

「最高のアイデアを思いついたわ。……鳳理君。あなた、今だけ私の恋人の振りをしなさい」

「どうしてそうなるんですか！」

「お父さんは、私の同居人が誰なのか確かめるまで帰りそうにない。お父さんの勘違いを逆手にとるの。あなたは礼儀《れいぎ》正《ただ》しいから、きちんと話しさえすれば、堅物《かたぶつ》のお父さんでもすぐに帰ってくれる可能性が高いわ」

「むりむりむり、無理ですって、そんなの！　大人しく、もう百坂さん紹介したほうがいいですよ！」

「…………そう、やっぱりそうよね。こんなの、間違《まちが》ってるわよね……私、どうかしてたわ……」

その表情を見て。俺は決心をした。

今、秋野さん自身が口にした通り、昨日までろくに会話もしたことがなかった近所の男にこんなことを頼むのは、間違っているのだろう。

だがそれを言うなら、「昨日までろくに会話もしたことがなかった近所の男」の恋愛《れんあい》にまつわる愚痴《ぐち》を、さっきまで長々と聞いてくれたのはどこの誰だ。

俺は、ドアを開ける。

そこには、もはや怒りを通り越《こ》して呆《あき》れ顔をしたお父さんが立っている。

「さっきから、一体なんなんだ。開けたり、閉じたり……私もその中に入ったほうがいいのか？」

時刻は、午後六時五十分。

もう、いつ百坂さんか桜がやってきてもおかしくない。

俺の中で、ゴングが鳴る。

「どうも、恋人です」

秋野さんが一階のオートロックを解除し、お父さんをマンション内に招き入れた時点で、本当なら俺は急いで家に帰るべきだったのかもしれない。「俺自身が迷惑《めいわく》を被《こうむ》らないようにする」ということだけを考えるのなら、それが最適解だったのだろう。

今にして思えば――パニックのあまりその選択肢《せんたくし》が頭に浮かばなかっただけとはいえ――あのとき、一人だけ自分の家に逃げ帰《かえ》らなくてよかったとも思う。

もしその選択をしていたら、秋野さんは観念して、百坂さんをお父さんに紹介するしかなかったはずだ。

だが、俺はまだ、ここにいる。

１００２号室で、俺はまだ舞《ま》える。

ダイニングテーブルで、俺とお父さんは向き合っていた。

俺は緊張《きんちょう》のあまり、太ももに置いた手がガタガタと震《ふる》えている。お父さんは腕《うで》を組み、俺の顔をじっと睨《にら》みつけている。

「まー、なんだ。君も大変だったね。成り行きとはいえ、学からゴミだの知らない人だのと呼ばれて、つらかったろう。恋人から乱暴に扱《あつか》われるなんて間違ってる。違《ちが》うかい？」

「は、はあ」

「ちなみに私は遠慮《えんりょ》なく、君のことをゴミ、あるいは知らない人と呼ばせてもらうよ。なぜなら私は君にとって、恋人の父親だからね」

「……」

「冗談《じょうだん》だ」

お父さんは俺よりも身長が高い。百八十センチを優に超《こ》えているはずだ。そして、引き締《し》まった肉体をしている。ダイニングテーブルの高さより上の部分だけ見ても、胸板の厚み、二の腕の力こぶが腕組《うでぐ》みにより強調され、迫力《はくりょく》満点だ。

そんな男性が額に血管を浮かべながら言う冗談は、冗談という名の凶器《きょうき》である。

「私の名は、秋野遊人《ゆうと》。学の父だ。君は？」

「……風見鳳理です」

「風見君か。……この家に転《ころ》がり込《こ》んで学と同居しているというのは、間違いないかい？」

「…………はい」

「いろいろと聞きたいことはあるが…………君はずいぶんと若く見えるね。何歳《なんさい》なんだ？」

「え、あ……」

「十九歳《さい》。私と同じ大学二年生よ」

お父さん……遊人さんの質問に答えたのは、俺ではなく秋野さんだった。

遊人さんは一瞬《いっしゅん》娘《むすめ》に視線を向け、怪訝《けげん》そうな表情を浮かべるも、すぐに俺へと向き直った。

「どうして学と一緒に暮らそうと思った。大学二年生というのが人生で最も、恋人とできるだけ一緒にいたい時期だからか？」

「住んでいた家を追われたの。彼《かれ》の友人がエビ養殖《ようしょく》事業を始めるために銀行から融資《ゆうし》を受けたのだけれど、鳳理君はそのとき、保証人になってしまったのよ。友人は鳳理君を裏切って、借りたお金を手に海外へ高飛びしたわ。血も涙《なみだ》もない銀行屋から住んでいた家を奪《うば》われ路頭に迷っていたところを、恋人である私が匿《かくま》っているというわけ」

「学との出会いのきっかけは」

「私が大学のキャンパスでマッシュヘア五人組からナンパされているところを、助けてもらったの」

「学生同士の恋愛とはいえ、学との付き合いにきちんと責任を感じているのか」

「私と彼は、清らかな付き合いを守っているわ。私達《たち》、実はまだ手も握ったことないのよ」

「どうしてさっきから学が答えるんだ！」

遊人さんが手のひらで、ダイニングテーブルを叩く。仮にダイニングテーブルがリビングに置かれたテーブルと同じガラス製だったら、粉々に砕《くだ》けていたかもしれない。

秋野さんは涼《すず》しい顔をしている。俺は「よくもまあ、そうポンポンと人の同情を引くためだけの設定が口から出てくるものだ」と舌を巻いていた。

「なるほど。学のほうが君にお熱というわけか。恋人が責められているのを庇《かば》ったのだな。だが次の質問は、絶対に君自身に答えてもらうぞ」

遊人さんはテーブルの上に身を乗り出し、俺の顔を覗き込んでくる。そうやって質問すれば目の前の相手は嘘《うそ》を吐《つ》けなくなると信じているかのように。

「学の、どういうところが好きなんだ」

……………。

こ、答えづらい……。

情報量が少なすぎる。

俺と秋野さんがきちんと話したのは、今日が初めてだ。頭をフル回転させるが、どう頑《がん》張っても「オートロックに鍵を差し込む姿が好きです」くらいしか言えそうにない。どうすれば……。

「真面目で、優《やさ》しいところ……………ですかね」

「なんというか、浅いな。まるでほとんど話したことがない相手を、うわべだけで褒《ほ》めているかのようだ」

「鋭い」

「ん、何か言ったかね」

「い、いえ！　何も！」

気まずい沈黙《ちんもく》が下りる。秋野さんからの助け舟《ぶね》はもう来ない。俺がなんとかしなければとは思うが、気の利《き》いた言葉が出てこない。

「まさか、君……」

遊人さんの目が、細められる。

疑いを含《ふく》んだ眼差《まなざ》しに、俺の背筋が強張る。

遊人さんが恐らく、その疑いをまさに口にしようとした瞬間だった。

玄関のほうで、シリンダーを回す音がした。

俺と秋野さんが、同時に壁《かべ》の時計を見る。

時刻は、七時五分。タイムオーバーだ。

玄関で、ドアの開く音。

「お兄ちゃん来てるー？　ちょっと遅《おそ》くなってごめんね！　帰る途中《とちゅう》、百坂さんと会ったから一緒に買い物してきちゃった！」

「学ちゃん、たっだいまーっ！　ほー君、いらっしゃい！　ほー君っていうのは、さっき桜ちゃんと歩きながら決めた、君の素敵《すてき》な渾名《あだな》だよん！」

大好きな彼女《かのじょ》と、大好きな声優さんが、揃《そろ》ってやってきた。

俺も、秋野さんも、もちろん遊人さんも、「おかえり」とは返さなかった。

桜と百坂さん……この二人の声を同時に聞かされて気分の上がらない瞬間が人生に存在するだなんて、昨日までの俺には信じられなかったに違いない。

そうこうしている間に、桜と百坂さんがリビングへと突入《とつにゅう》してくる。

二人とも、両手にビニール袋《ぶくろ》を持っている。

「百坂さーん、買ってきたもの、キッチンに置く？」

「あっ、キッチンのほう、もう何かいろいろ準備してるの発見！　とりあえずダイニングのほうに置いちゃおっか」

「了解《りょうかい》です！」

桜と百坂さんが、俺達《おれたち》の元へやってくる。

ビニール袋をダイニングテーブルの上に置くと、次々に中身を披露《ひろう》する。

「見て、お兄ちゃん、アルコールの入ってないシャンパンっぽいジュース！　お祝い事と言ったらこれがなきゃ始まらないよね！」

「もうほんと桜ちゃんいて助かったよ！　一人の買い物だと、七百五十ミリリットルの瓶《びん》なんて三本も買ったら、そこでもう試合終了《しゅうりょう》になっちゃうもん！　降参！」

「えへへ、バニラアイスも買ってきちゃったもんねー。これ、冷凍庫《れいとうこ》に入れちゃっていいですか?」

「うん、おねがーい。……ほー君さぁ、聞いて聞いてー! 桜ちゃん、今日ほー君が何を作ってくれるのか聞いても、全然教えてくれないんだよー。そのくせ『アイスは今日、役に立つだろうなー』とか匂《にお》わせるようなこと言って、ニヤニヤしながら買い物カゴの中に入れてくるのー。さぁ、ほー君、今日は何を作ってくれるのか、私に白状したまえ!」

こんな状況でさえなければ、「あの百坂ミノルが俺だけに話しかけている」と絶頂に達することができていたかもしれないが……今は、それどころではない。

ようやく桜と百坂さんが、遊人さんの存在に気づいた。

「お兄ちゃん、誰、このおじさん」

「めっちゃダンディーなおじさんおる……」

遊人さんが、頭を抱える。

「もう、何がどうなっているんだ……」

桜が気まずそうにバニラアイスのカップを手にし、冷蔵庫のほうへと歩いていった。

「つまり、こういうことか……」

遊人さんが、まず百坂さんを指差す。

「君が正真正銘《しょうしんしょうめい》、学の同居人、そして……恋人」

百坂さんが頷《うなず》く。

続いて、遊人さんは指先を俺に向ける。

「風見君。君は学の恋人でも同居人でもなく、ただのご近所さん。学が百坂さんを私に紹介したくないようだとロッカー収納の中で悟《さと》った君は、隣人《りんじん》のよしみで偽物《にせもの》の恋人役《こいびとやく》を引き受けた」

「はい……その通りです」

遊人さんが、今度は桜を指す。

「で、君はその妹さん」

「はい！　お兄ちゃんはシスコンです！　学さんにはもったいないです！」

その元気な声を最後に、ダイニングは再び重たい沈黙に包まれた。

「お父さん。ごめんなさい。全部、私のせい。ミノルのこと……もっと早く、話しておくべきだったわ」

秋野さんが震えながら、遊人さんに向き合う。

「俺も、本当にすいません。秋野さ……学さんの力になろうとして、余計なこと……それも、あなたを騙《だま》そうとするなんて、どうかしてました。もっと、他に取るべき方法があったはずです」

俺も、秋野さんの後に続いた。今回の件に関して俺は秋野さんの共犯なのだから一緒に謝《あやま》る義務があるはずだ。

「全くだ。ここまで誰かからコケにされたのは、人生で初めてだよ」

ダイニングテーブルに手をつき、遊人さんはよろよろと立ち上がる。

「だが、それと同時に、私自身の身から出た錆《さび》だという思いもある。……センシティブな話題かもしれないが、触《ふ》れないでいるわけにもいかないから、中年らしく無神経にいかせてもらう。学が恋人のことを私に隠そうとし、風見君がそれに協力したのは……百坂さんが女性だからなんだろう」

誰も、何も言わなかった。

当の百坂さんも、表情を変えず、成り行きを見守っている。

百坂ミノル。今期の深夜アニメにも多く出演する人気の……女性声優である。

遊人さんの言った通りだった。「もしかして秋野さんのお父さんは、娘の恋人が女性であると知ったら激怒《げきど》するような人間なのだろうか」……そんな考えに後押《あとお》しされ、俺は秋野さんの力になることを最終的に決めたのだ。

秋野さんは無言だった。何も言わないことで、遊人さんの言葉を肯定《こうてい》した。

「今の時代、そこまで気にする必要はない……などと私が言えば、無神経にもほどがあるというやつだろうな。娘から堅物だと思われているのは知っていたが……こういったことも相談できないと思われているほどだとは。全ての発端《ほったん》は、私自身であったと言っても過言ではないだろう。………今日は、もう帰るよ」

遊人さんは、リビングから出ていこうとする。

俺も、桜も、秋野さんも、百坂さんも、何も言えず、見送ることしかできない。

だが、遊人さんは急に立ち止まり、視線を足元に落とす。

そこには、円い影《かげ》があった。

「エジソンか、懐《なつ》かしい。学が高校一年生のときに作ったんだったな。大学進学時に、こいつも下宿先に連れていきたいと言ってくれたときには、ほっとしたよ。こいつと一緒に暮らしていたときは、一日に何度も足にぶつかってこられて、家の中を歩くのに苦労したものだ」

遊人さんはそう口にすると、エジソンを跨《また》ごうと――

「おいらエジソン！　パパ帰っちゃヤダヤダヤダあああああ！」

エジソンが喋《しゃべ》った⁉

遊人さんが、一メートルは飛び上がった。その勢いのまま、ダイニングまで戻《もど》ってくる。俺と桜も何が起こったのか分からず、顔を見合わせる。

秋野さんが呆れた声で呟く。

「……ミノル」

「あはは、学ちゃんはやっぱり騙せないね。エジソンちゃんの親にして、私の恋人だもんね。仕方ないか」

まさか。

今のエジソンの声は、どうやら百坂さんのアテレコだったらしい。俺は全く気がつかなかった。

百坂さんはエジソンに声を一言当てただけで、その場にいた全員の注意を一瞬《いっしゅん》で引きつけることに成功していた。

「恋人、って……ミノル、今はやめてちょうだい」

「どうして？　ほー君とは、お父さんの前で恋人の真似《まね》したのに？　私と恋人仕草はできないって言うんだ。それって浮気《うわき》じゃない？」

すっ、と。

百坂さんは秋野さんに肉薄《にくはく》する。そして、まるで舞台《ぶたい》の上にいるかのように鮮《あざ》やかな手つきで、そのまま抱《だ》きしめた。

「私の目を見て。そして約束して。もう二度と、嘘でも他の子と、恋《こい》という言葉を交《か》わさないで」

その台詞《せりふ》には、得も言われぬ迫力が宿っていた。俺達が普段しているような会話の中からは決して出てこない、まるで何度も鍛えられ研《と》ぎ澄《す》まされたかのような、非日常の響きを持っていた。百坂さんが台詞を言い終わった後も、部屋の中に、一晩は漂《ただよ》い続けるのではないかとさえ思える強力な余韻《よいん》が残った。

しかし、劇場の中にいるような空気感は、不意に打ち破られた。

「ふっ……ははははは！」

百坂さんへ向いていた俺の集中が、ぶつ切りになった。

笑い声の主は、なんと遊人さんだった。

「お、お父さん。どうして笑ってるの……？」

「いや、なんだろうな。ただでさえ重苦しかった空気が一瞬、百坂さんの言葉でさらに緊張感を増したような気がしたんだが……場が張りつめすぎて、限界を超えてしまったのかな。私の中で、糸がプツンと切れたような感触《かんしょく》がしたんだ。そうすると、もう……父親を差し置いて見つめ合っているお前達が、どうしてだろう、なんだかおかしくて、おかしくて！　ははははは……！」

「学ちゃんの、とってもダンディーなお父さん。もしよかったら、もう少しお話しませんか」

「ああ……そうだ……そうだな！　こちらこそ、お願いするよ。いろいろ、話を聞かせてくれ。学も、風見君も、妹さんも、かまわないかな」

秋野さんの表情が、一気に明るくなった。百坂さんが遊人さんを、ダイニングの席へと促《うなが》す。その光景を見ていた桜が、隣《となり》にいる俺の二の腕をつつく。

「何やってるの、お兄ちゃん」

「どうした、桜」

「今こそ、パンケーキの出番だよ！」


今回の料理に関しては、新品のフライパンが何よりも頼《たの》もしい。パンケーキ系は、フライパンに油を引くと焼き色が上手《うま》くつかない。一度も使われた形跡《けいせき》がなくテフロンに傷一つないフライパンはうってつけ、というわけだ。

ボウルから、お玉で生地《きじ》を一掬《ひとすく》い。気持ち高めの位置から、軽く熱されたフライパンに生地を落とす。落とし始めたら、お玉は動かさない、揺《ゆ》らさない。こうすれば簡単に、生地は自然と円く、フライパンの上に広がっていく。

「手伝うわ」

秋野さんが、キッチンにやってきた。

「助かります。見ての通り三口コンロフル稼働《かどう》ですから、本当は誰かに手伝ってほしかったんですが、言い出せなくて。……すごく、良い雰囲気《ふんいき》だったから」

俺の見よう見まねで、秋野さんも生地を焼き始める。

キッチンから、俺はダイニングのほうに視線を向ける。

百坂さん、遊人さん、そして桜が談笑《だんしょう》している。さっきまで、そこには秋野さんも座《すわ》っていた。百坂さん自身のことや、小さかったころの秋野さんのことなど……話題は尽《つ》きないようである。さすがに最初は百坂さんも遊人さんもぎこちない様子だったが、桜が潤滑《じゅんかつ》油《ゆ》のように間に入ることで、段々と会話が上手く回るようになっていったみたいだ。

その桜も、役目を終えたとばかりに席を立ち、こちらへとやってくる。

「お兄ちゃん、私、ソース持っていくよ。ここに出してあるので全部？」

「いや、傷《いた》みやすいものは冷蔵庫の中だ。そこのチョコが入ってるやつは、レンジで溶《と》かしてから持っていってくれ」

「りょ！」

了解、の意。

パンケーキ自体は、一枚五分とかからず焼きあがる。途中で生地をひっくり返すのが面《めん》倒《どう》だが、俺が手本を見せると、秋野さんはその動きを正確にコピーしてくれた。

生地は、計八枚分もある。遊人さんの参加は予想外のものだったが、彼一人が加わったくらいで、困ることはない。パーティーだからと多めに作っておいたのが、功を奏した。

四枚分を焼き上げたあたりで、俺は言った。

「秋野さんも、ダイニングのほうに戻ってください」

「そんな、鳳理君一人でやってもらうなんて悪いわ」

「何を言ってるんですか。俺は元々、料理をしてほしいと頼まれたから来たんです。もう一人で大丈夫《だいじょうぶ》ですから」

秋野さんが、でき上がったパンケーキの皿を持ってキッチンから出ていく。

「残りのを焼いたら俺もすぐに行くので、先に始めていてください！」

ダイニングの面々が、キッチンにいる俺に向かって口々に礼を言う。

食事会がスタートする。

桜がボトルのお尻《しり》を掴《つか》むようにして、シャンパン風ドリンクを全員のグラスに注いでいく。

俺はフライパン三つを駆使《くし》し、パンケーキをせわしなくひっくり返しながら、ダイニングの風景を窺《うかが》う。

テーブルの上にはパンケーキの盛られた大皿が一つ。それを囲むように、ソースやトッピングの入った小皿が、計八つ。スプーンを使い、自分好みにパンケーキをアレンジして食べてもらうスタイルだ。

小皿の中身はそれぞれ、ハチミツ、ブルーベリージャム、イチゴジャム、チョコレートソース、バナナ、黒胡椒《くろこしょう》をかけたツナマヨ、明太子《めんたいこ》クリームチーズ、豆腐《とうふ》とアボカドを混ぜたもの……。

「へえ。これ、風見君と学が作ったのか」

「いいなぁー。ほー君と学ちゃんで一緒《いっしょ》にお料理かぁ。次は私もやっちゃうよ！」

「ええ。今度はミノルと桜さんも、一緒に作りましょう。…………アボカドの、私が最初にもらうわね。…………ん、これ、いい味ね。パンケーキの甘《あま》さが抑《おさ》えてあるから、こういうおかずっぽい味の具が、すごく合ってる。生地を焼いている間はすごく甘い香りがしていたのに、不思議」

「ああ、おいしいな。正直なところ、私は日頃《ひごろ》、甘すぎるものは敬遠しがちなのだが……これならいくらでも食べられる。……バナナをのせて、ハチミツをほんの少しかけると、実にちょうどいい味だ」

「仕事帰りだから、私お腹《なか》ペコペコちゃんなんだよねー。パンケーキ半分に割って片方はツナマヨ山盛り。もう片方にはジャム山盛りで、ミノル、いっきまーす！」

「あ、百坂さん、それお兄ちゃんのパンケーキ食べるときの超正解《ちょうせいかい》！　甘いものとしょっぱいの、マジで無限ループだから！」

最後のパンケーキを皿へと移し終わった俺は、ようやく肩の力を抜《ぬ》くことができた。パンケーキの追加分が積まれた皿を持って、俺がダイニングにいくと、待ってましたとばかりに温かく迎《むか》えられた。パンケーキだけでなく、俺自身も。

ダイニングのテーブルは四人掛《が》けだったので、秋野さんが自分の部屋で使っている椅子《いす》を、わざわざ持ってきてくれていた。

俺だけオフィスチェアに座っているのは奇妙《きみょう》な心地だったが……いざ、改めてテーブルを囲む面々を見ていると、もっと不思議な気分に包まれた。

秋野さんとは、今日ほとんど初めて話した。そのお父さんである遊人さんとは、出会ってから二時間も経《た》っていない（しかも出会い方自体も、こうして笑顔でテーブルを囲むようになるなどとは考えられないほど、とんでもないものだった)。憧《あこが》れの声優である百坂さんに関しては昨日、「百坂さんに仕事のことを思い出させるような真似はしない。ミーハーな態度は絶対に表に出さない」と百回は口に出して自分に言い聞かせた。だが、いざ会ってみると、どうだ。色んな騒動《そうどう》が起こったせいで、それどころではなかったとはいえ……俺は今、雲の上の人のように感じていた、あの百坂ミノルを前にしても全くはしゃがずに平然とした気持ちでいる……。

胸のあたりが、温かい。

この気持ちを連れてきてくれたのは、

「クリスマスのケーキとかもそうだけどさー、夜のテーブルの上に遠慮なくドンと甘いものが載《の》ってると、特別な気分になるよねー、お兄ちゃん」

桜、なのだろう。

紆余曲折《うよきょくせつ》あったけれど、そもそも桜がいなかったら、この家に招かれることすらなかったのだ。

桜はパンケーキの上に、明太子クリームチーズを多め、ハチミツを少なめに載せる。

それを、俺《おれ》は真似した。

九時を少し回ったあたりで、会はお開きとなった。

皿を洗うのを手伝った後、俺と桜は自分の家へと戻った。

「でな、秋野さん、料理ほとんどしたことないっていうわりには、すごく手際《てぎわ》が良くてびっくりしたんだよ。なのにアボカドの扱いだけは、最後まで慣れないみたいだったな」

「じゃあ秋野さんと、仲良くなれたんだ」

「ああ。あの人がこっちに飛ばしてくるアボカドの種、俺も最後にはノールックでキャッチできるようになった」

自分の家のダイニングテーブルで向き合いながら、俺と桜は今日のことを振《ふ》り返っている。

桜が、風呂《ふろ》を溜《た》めるために席を立った。

俺は、キッチンへ向かった。そこには、紙袋《かみぶくろ》が一つ置いてある。中には、秋野さんから借り受けたミキサーが入っている。

桜が袋の中身に興味を持たないうちに、とっととしまっておこうと思い、袋の口を開けた。

中には最新型のミキサーが鎮座《ちんざ》している。俺はそれを、桜が普段開けることがないキッチン下の収納へとしまった。

紙袋を畳《たた》もうと思い、掴むと、まだ何か入っているような感触があった。

中を覗くと、底のほうに、そこそこ大き目のビニール袋が残っている。

ビニール袋の中の物を取り出す。

何枚かの、小さな円盤《えんばん》のようなものが入っていた。素材は、ステンレス、シリコン、木など……。

落とし蓋《ぶた》だった。

小さなメモも同封《どうふう》されている。

『グッドラック。ミキサーと一緒に返すように。秋野』

思わず、笑《え》みが零れる。

俺は落とし蓋を全て、ミキサーと同じ場所にしまった。


いつもの、高校の教室。

俺は、立ち尽くしている。

周囲には誰《だれ》もいない。

窓の外では、太陽が高く昇《のぼ》っている。

奇妙な、感覚。耳を澄ましても、誰の気配もしない。教室の外の廊下《ろうか》、隣のクラス……もしかしたら校門の外、それどころか東京にだって、俺以外の人間はもういないのかもしれない。

自分の姿を見たとき、違和感《いわかん》がはっきりとしたものになった。

俺は今、中学生のときの制服を着ている。

これは、おかしい。

違和感の正体に、気づく。

そうだ、夢だ。

俺は今、夢を見ている。明晰夢《めいせきむ》、というやつだ。夢の中にいながら「自分は今、夢の中にいる！」と気づくことができるという、レアイベント。

一か月に一回くらいのペースで、俺は明晰夢を見る。

そのたびに、願う。「夢の中なら、何かいいことが起こるんじゃないか」と。

俺は自分の着ている中学時代の制服の袖《そで》をつまみ、その質感を、軽く確かめてみる。

視線を上げ、前を見る。

そこに、誰かがいた。

先ほどまで、教室の中には誰もいなかったはずなのに。

桜だった。俺とは違い、今通っている高校の制服をきちんと着ていた。

桜の横に、もう一人いた。

そのもう一人というのが、夢の中ならではの、ひどく不可思議な存在だった。

恐《おそ》らく、男だ。しかし、どんなに目を凝《こ》らしても、彼の顔に焦点《しょうてん》を合わせることができない。彼の顔だけが、薄《うす》くぼやけている。ぼやけているにもかかわらず、なぜか彼の浮《う》かべている表情だけは正確に読み取ることができる。

彼は、笑っている。

桜も笑っている。

二人で、何やら談笑している。

桜が浮かべている表情は、いつも家の中で俺に見せてくれているのと同じものに見える。

彼女はそれを、俺の見知らぬ男に向けている。

たまらず、俺は一歩、二人に向かって踏《ふ》み出す。しかし、俺の立っている場所に変化はない。思い切って駆《か》け出してみる。それでも、いつまでたっても、二人のいる場所に近づくことはできない。

それでも俺は、走ることをやめない。夢の中だからか、息も切れないし疲労《ひろう》も感じない。

あと一歩踏み出せば、辿《たど》り着ける。今度こそ、今度こそ――――。

いつの間にか俺の後ろに、黒くて長い髪《かみ》をした少女が立っている。

どれだけ駆けても一歩も前に進むことのない俺の側《そば》に、ただ存在している。

その少女は優しい眼差しで俺のことを見つめている。

穢《けが》れない生き物の瞳《ひとみ》。

かつて俺が失った、俺のせいでいなくなってしまった、初恋《はつこい》の人。

その少女の存在だけが、この夢の中の空間において他の物体と比べ、異常な彩度《さいど》を持っていた。

俺は、このまま桜の元に向かって走り続けるか、立ち止まって黒髪《くろかみ》の少女のほうへ振り向くかを選ばなくてはならない。

そして、俺は——


目が覚めた。

ベッドから身体《からだ》を起こし、大きく伸《の》びをする。時刻は六時前。アラームが鳴るより早く目が覚めた。

平日の朝である。すなわち、学校がある。身支度《みじたく》の後に朝食の準備をし、桜の起床《きしょう》を待たねばならない。

俺はリビングに行き、ベランダへと繋《つな》がる窓を開ける。朝の凜《りん》とした空気を感じると、今日一日という未開封《みかいふう》のコンテンツの封を自分で切ったかのような高揚感《こうようかん》が生まれる。

俺はベランダに出た。欄干《らんかん》に肘《ひじ》をつく。本格的に動き出す前の、街の風景を眺《なが》める。いつもより早く起床したことで生まれたゆとりを、呆としながら消費することだけに努めた。

胸のうちにはまだ、先ほどまで見ていた夢の余韻があった。その余韻は、深呼吸をしても肺腑《はいふ》の中から出ていってくれない。

「……お兄ちゃん？」

後ろを振り返る。開けっ放しにしていた窓の向こう、リビングから桜が、不安げにこちらを見つめている。

俺は彼女を安心させるつもりで、笑った。

桜は呆気《あっけ》なく、笑顔《えがお》になった。

リビングに戻り、軽く朝の挨拶《あいさつ》を交わす。桜は洗面台で顔を洗い始める。

俺はというと、キッチンへ向かい、シンクの下の棚《たな》を開けた。一週間前の食事会で秋野さんから借りたミキサーを取り出し、カウンターの上に置き、コンセントを繋ぐ。

スムージー作りに初挑戦《はつちょうせん》するつもりだった。いや、挑戦などという言葉を使うほど大仰《おおぎょう》なものでもない。なにせ、材料をミキサーにぶち込んでスイッチポンするだけなのだから。

冷蔵庫を開け、材料をカウンターに並べる。

これらを、ミキサーで混ぜ合わせるだけ……なのだが。

俺は改めて、並べられた材料達を見つめる。

トマト、バナナ、豆腐、牛乳、ハチミツ……。

俺がスムージーというものに疎《うと》いからかもしれないが、あまり一緒に口の中には入れたくない食べ合わせに思える（特に、豆腐は一体どこからレシピに飛び込んできたのだろうか。疑問である）。トマトの表面をさっと洗い、バナナは皮を剥《む》く。

ええいままよと、俺は二人分の材料をミキサーに放《ほう》り込んでスイッチを押《お》す。

刃《やいば》が回転を始めると、予想していたよりもずっと大きな音が鳴った。洗面台にいた桜が、びっくりして思わず声を上げるほどだった。

「な、なんの音、お兄ちゃん！　私の部屋のミシン使ってる⁉」

「だ、大丈夫だ、心配ない！　しばらく音がすると思うが、気にしないでくれ」

俺の心臓も、ばくばくと音を立てていた。ひょっとすると今ミキサーから鳴っているのは故障からくる異音なのではとも思ったが、そうではなかった。

ミキサーの中の具材達は順調に砕かれ、溶けるように混ざり合い、綺麗《きれい》な薄《うす》い赤色をしたドリンクとなった。

俺は二つのグラスにその中身を注ぐと、桜がこちらに来る前に、ミキサーも洗ってしまう。

やがて、桜がリビングにやってきた。彼女は、まだパジャマ姿のままである。

ダイニングテーブルの上に二つ置かれたグラスを見た桜は、目を輝《かがや》かせる。

「あれ、なんかオシャレな飲み物が置いてある」

「桜の写真が載った雑誌の先輩《せんぱい》モデルが飲んでるって言ってたのと、ほとんど同じレシピで作ってみた」

「え、覚えててくれたんだ！　何、お兄ちゃんの手作りなのこれ？　めっちゃくちゃ嬉《うれ》しいんだけどー！」

「さっきの音はミキサーの音だったんだね」

「この間、秋野さんの家にお邪魔《じゃま》したときに借りたんだよ」

桜がグラスを持ち上げ、テイスティングする前のソムリエみたいに顔を近づける。

「……色が、ちょっと違《ちが》うような」

「ビーツが入ってないからな。……手抜《てぬ》きじゃないぞ。シロボシに売ってないものは、この世にないのと一緒だ」

「あ、そうなんだ。……いや、おいしそうだし、せっかく作ってくれたんだから、とても嬉しいけど」

桜に手招きされ、俺もダイニングテーブルまでやってくる。

いちいち座って飲むのも変な気がした。

桜は左手を腰《こし》に当てながら、右手に持ったグラスを自分の唇《くちびる》に近づける。俺もなんとなく、彼女の動きに倣《なら》う。

スムージーを一口嚥下《えんげ》する。飲み物とはいえ、その基《もと》となっているのは主張の強い食材達だ。いつも買っているパックのオレンジジュースなどより、はるかに質量を感じさせる飲み心地《ごこち》であった。

「スッキリ甘くて、ドロっとしてて、いい感じだよ、お兄ちゃん。パックで売ってるやつとは全然違うね」

「ああ、おいしくてびっくりした。……不思議だな。別々に出されたら一緒に食べたくないような組み合わせでも、ミキサーで完全に混ぜ合わせると、こんなにも一体感が生まれるとは」

一杯《ぱい》のグラスの中には、知らない世界があった。

「……懐かしいなぁ」

桜が、呟《つぶや》いた。高く持ち上げたグラスを、下から覗《のぞ》き込《こ》んでいる。まるで薄赤色に染まったグラスの底に、何かしらの風景が映し出されているかのように。

「どうしたんだ」

「あ、ううん、なんでもない。ただ、ちょっと、昔のこと思い出しちゃって」

「昔のこと？」

「うん。……私がお兄ちゃんと出会うずっと前、小学生のころのことなんだけどね。パパに連れられて、旅行に行ったの。温泉で有名なとこ。温泉街の中に、オシャレなカフェがあってさ。モーニングの時間にドリンクを頼んだの」

「ほう」

「そのときは、変わったジュースだなって思ってたんだけど……今にして思えば、あれってスムージーだったのかも。お兄ちゃんの作ってくれたやつ飲んだら、記憶《きおく》が蘇《よみがえ》ってきたっていうか。……不思議だね。パックのスムージーとかもときどき飲んでるのに、今まで気づかなかった」

「そうか。ミキサー借りたかいがあったな」

「うん。……いや、本当に、すごく今懐かしい気分。夢の中にいるみたい。……あのころは、ママが死んだばかりでさぁ。パパが気晴らしにって連れていってくれた旅行だったのね。カフェの窓から、温泉街……いつも暮らしてる街とはかけ離《はな》れた風景を見てるとさ……なんだか、この世の風景とは思えなくてね。死んじゃったママのいるところに私まで迷いこんじゃった気分になって……。でも、頭の片隅《かたすみ》では、しっかり分かってたの。『この街のどこを捜《さが》してもママには会えない』って。私、わんわん泣いちゃった」

「…………」

「もう一度心から泣きたい気分になったら、また行ってみたいな。人ってさ、人生で何回、純粋《じゅんすい》な気持ちで泣けるんだろうね」

「……さあな。生まれてきたときの一回くらいじゃないか？」

「そうなの？」

「知らん。だが……赤《あか》ん坊《ぼう》と言えど、この世に生を受けて一日、二日もすれば、何かしら自分を囲む現実について、思ったり感じたりするところもあるだろう。なら、それ以降の涙《なみだ》は現実という不純物からのフィードバックを受けたものということになるんじゃないか。現実に由来した心の痛みだったら……また別の現実に癒《いや》されることもあるはずだろう。純粋な悲しさっていうのはきっと、癒される余地がないくらい透明《とうめい》なんじゃないか」

俺と桜は、スムージーの残りを一気に飲み干した。グラスに、薄くて赤い跡《あと》が残った。桜の手からグラスを回収し、キッチンへと持っていく。蛇口《じゃぐち》をひねり、水を出して、グラスを洗い始める。

「朝にする話題じゃなかったね」

「朝にする話題じゃなかったな」

不思議な朝だった。夢、ベランダ、ミキサー、桜の思い出。俺の頭の中を満たす要素達《たち》は、ごちゃついているようで決して喧嘩《けんか》をしていない。

すっきりとした心持ちである。

やがて、俺は桜より一足早く家を出た（桜は、女の子ならではの朝の支度《したく》がまだ残っていた）。

駅へと向かう足取りは軽かった。

第四章　ヘアカタログに俺みたいな顔のやつがいない

女の子の朝は忙《いそが》しい。

桜《さくら》みたいに派手な女子なら、特に。

俺と桜は、学校で自分達の関係を秘密にしている。

その都合上、登校時間もずらしている。家を早く出るのが俺で、後から出るのが、桜だ。

ここで少し、俺と桜の朝のルーティーンについて、説明しておこう。

起床時間そのものは、俺も桜も六時ジャスト。高校生の平均から見ると、だいぶ早い。

その後、洗面台を譲《ゆず》り合いながら最低限の朝の支度を済まし、揃《そろ》って朝食。

俺はそのまま着替《きが》えると、六時三十分には家を出てしまう。そして静かな朝の教室で始業を待ちながら、自習にいそしむ。

対して、桜はというと……俺が家を出た後も、戦いである。髪の毛を整え、スキンケア、メイクをし、モデル活動用のＳＮＳのアカウントに異常がないかチェック………やらなければいけない項目《こうもく》は、多分十個以上あるはずだ。

そしていつも、始業チャイムのギリギリに登校する。

端《はた》から見ると、俺のほうが勤勉で、桜のほうが怠惰《たいだ》に見えるかもしれない。

だが俺は、真逆だとさえ思っている。


「マジでやべー。オレ、オシャレに目覚めちまうかもしれない」

ツナ吉《きち》には失礼だが、日頃から桜の努力を見慣れている俺にとっては、ヘソで茶が沸《わ》くような台詞である。

眼鏡のレンズに何日も同じ指紋《しもん》をつけっぱなしで平気なやつが、オシャレなどできるものか。

芸術科目の時間のことである。

俺も、ツナ吉も、菊太郎《きくたろう》も、芸術選択《せんたく》科目は美術を選んでいた。

同じく美術を選択した他のクラスの生徒達と一緒に、美術室で石膏《せっこう》像を囲んでいる。

「変なものでも食ったか、ツナ吉」

「ちっげーよ！」

しゃこしゃこと鉛筆《えんぴつ》を画用紙の上に走らせながら、ツナ吉が言う。

「いや、なんかほら、唐突《とうとつ》にな？　高校生活、このままでいいのかなって気がしてよ」

「早くない？　まだ入学して二か月経ってないよ」

菊太郎の言う通りである。

今のツナ吉の言葉は、せめて半年は怠惰な学生生活を過ごした後に、一般的《いっぱんてき》には口にされ始めるものじゃないのだろうか。

「何かあったの？　ツナ吉君」

菊太郎が、心配そうに話しかける。

ツナ吉は、鉛筆を動かす手を止めない。まるで、デッサンに集中することで俺と菊太郎の目を見ないようにしているみたいだった。

「いや、その、ほら……あれだ。アニメのキャラってよぉ、デザイン凝ってるやつばっかりじゃねーか？　オレ達もよ、ほら……いつまでもモブ顔でいいのかって、思っちまって……」

「ツナ吉君の顔は十分特徴的《とくちょうてき》だよ。典型的な美男美女として描《えが》くことができないから、ラノベとかで主人公の友達として登場したら、イラストレーターさんがどう描いていいのか悩《なや》むタイプの顔。とりあえずキャラクターデザインされないまま、挿絵《さしえ》とかでも描かれることなく、一巻は発売される。だけど運よくそのラノベが四巻とかまで出たあたりで、編集者さんが『そろそろ、このキャラクターにもデザインつけないとな。これまで結構登場してるのに外見がはっきりしてないのは読者も混乱するし』って思い始める。その結果、イラストレーターさんが渋々《しぶしぶ》デザインするタイプの顔だよ」

「どんな顔だよ！　オレ、そこまでひどいか⁉」

画版から顔を上げ、菊太郎に食《く》って掛かるツナ吉。

かと思えば、またしても視線を画用紙へと落とす。

「お前ら………美容院って、行ったことあるか」

「ないよ」

「ないな」

菊太郎と俺が即答《そくとう》する。

予想通りの回答だったのか、ツナ吉はすぐさま次の質問に移る。

「オレもねーよ。……お前ら、じゃあ、いつもどこで髪を切ってるんだ」

「俺は、千五百円くらいでそれなりにしてもらえる理容室に行ってる」

「僕《ぼく》はママに切ってもらってる」

ツナ吉と俺の、鉛筆の動きが止まる。顔を上げ、二人で一緒に菊太郎を見つめる。

「……何、そのリアクション。僕は二人のこと友達だと思ってたんだけどな。家族に髪切ってもらって悪い？」

「いやぁ、おめー、母親のことママって呼んでんだと思って……ぐぇっ！」

菊太郎がツナ吉の背中にチョップする。

俺は黙《だま》って再び下を向き、画用紙に集中している振りをした。

ともかく。

俺達《おれたち》のオシャレ力といえば、こんなものである。

美容師の名刺《めいし》を何枚も持ってる桜などが今の会話を聞いたら、鼻で笑うに違いない。

「ツーブロック……センターパート……マッシュ……ウルフ……」

そんなことをブツブツと言いながら、ツナ吉は画用紙の中の石膏像の頭部を、鉛筆の先でいじくり続ける。

「何呟いてるんだ、ツナ吉」

「髪型《かみがた》の種類だよ！　……よっしゃ、決めたぜ。明日の放課後。三人で美容院行くぞ」

「は？」

「え？」

予想外の展開に、俺と菊太郎が間の抜けた声を上げた。ツナ吉は、さも三人全員にとってメリットのある提案を示せたかのように胸を張っている。

「いや……本当にどうしたんだツナ吉。俺はパスだぞ。さっき言った理容室の店長に、『次来たときはカットだけじゃなくシャンプーも注文しますから』って、約束したんだ。経営苦しいみたいでさ」

「僕も。ママからグレたって思われちゃう」

ツナ吉のピンと伸びていた背が、猫背《ねこぜ》に戻《もど》った。しかし、まだ美容院へ三人で行くのを諦《あきら》めたわけではなさそうだ。未練がましそうな目で、俺と菊太郎を交互《こうご》に見つめてくる。

ツナ吉の視線がこっちに来たタイミングで、俺は意見する。

「そんなに行きたいなら、お前一人で行けばいいだろ」

「ばかやろうぅ！　お前、オレを一人だけオシャレにするつもりかっ！」

「どういうことだよ………」

「いいか、鳳理《ほうり》、頭のいいお前なら分かるはずだ。……想像してみろぉ。週明け。一匹《ぴき》のオタクが、生まれ変わった姿で登校してくる………千円カットじゃなく、ピッカピカの美容院でカットしてもらった髪型でよ………人生初めてのワックスで整えた髪型でよ……世界が変わるんじゃないかって期待と共に、教室のドアを開ける！　だが！　オタクを待っていたのは、つらく厳しい現実だった！　騒《さわ》がしさだけが取り柄《え》のバカ男子どもが言うんだ。『ギャハハハ！　何アイツ、いきなりモテようとしてんの⁉』。クソ女どもが言うんだ。『けひゃひゃひゃひゃ！　ウケるー！　写真撮《と》ってネットにアップしてやろーよ、絶対バズるわ！』……一生もんのトラウマじゃ！」

「考えすぎだろ………………ははっ」

「誰もそんなこと思わないよ…………………ふふっ」

「もうお前らが笑ってんじゃねーか！　……いいかぁっ、だからこそ、お前らにも一緒に美容院に行ってもらう必要があるんだっ。……週明けに一人だけ髪型がオシャレになってたら、グループの中で一人だけ浮いて目立つが、三人全員オシャレになってたら、周りも『あれ、あそこのグループ、元からあんな感じだったかな』って思ってくれるだろ！」

「思ってくれるわけないだろ。うちのクラスは節穴だらけか」

「いけずぅ～。一人だけじゃ怖《こわ》いんだよぉ～。頼むよぉ～」

　俺と菊太郎は、顔を見合わせる。

　とにもかくにも、ツナ吉の提案は唐突すぎて、少なくとも今この場で「いいよ」と答えられるようなものではなかった。

　俺も菊太郎も「考えとくよ」と答えを保留にした。ツナ吉が「前向きな答え、期待してるぜー」と言ったところで、チャイムが鳴った。

　生徒達が、完成した石膏像のデッサンを教卓《きょうたく》の上に置いて、教室を去っていく。

「ツナ吉君、そのロン毛のジョルジョ、どうするの。まさか、そのまま提出するつもり？」

「チッ。もういっそ、鼻毛でも生やしてやるぜ。なんの努力をしなくても、ずっとスカした顔でいられる石膏像様に、ボーッとしてたら毛が伸びるだけっていうことを教えてやらぁ」


デイリーシロボシは、本日牛乳の特売日である。

カゴに、一リットルパック二本を忘れずに放り込む。

買い物客で賑《にぎ》わう店内を歩き、レジの前へ並ぶ。

会計を待つ間、思い出すのは今日のツナ吉のことだ。

まさか、彼《かれ》が美容院に行きたいなんて言い出すとは。驚《おどろ》きにもほどがある。俺も人のことを言えた義理ではないが、ツナ吉はオタクであることを、身だしなみに気を遣《つか》わなくてもいいという免罪符《めんざいふ》のように思っていたはずだった。それが一体、どういう風の吹《ふ》き回しだろうか……。モブデザインな自分を卒業したい云々《うんぬん》と、確か言ってはいたけれど。

レジ横の四角い柱が鏡張りになっている。そこに、俺の姿が映っている。俺ぐらいの年ごろを指して成長期というが、高校に入学して以来、自分が成長したような気は全くしない。外見、そして、内面も。

やがて、俺の会計の順番が来た。

滞《とどこお》りなく会計を済ませ、エコバッグに買ったものを入れ、店を出ると……俺の心の中には一つの変化が訪《おとず》れていた。

ツナ吉に付き合ってやってもいいかな、という気分になっていたのだ。

なぜそんな気持ちになったのか、具体的に説明するのは難しい。だが恐らく、先日、秋《あき》野《の》さんに対して言った自分の台詞《せりふ》が、深層心理で働いていたのだと思う。

『俺にとっての限度を、俺以上に知っている人間は、他にいない。弱い人間の戯言《たわごと》だと思ってもらって結構ですが……俺は、自分の可能性を、全部分かってるつもりなんです。だから、俺は今の俺のままで、最善を尽くします。桜が、俺との関係を周囲に秘密にしながら一緒の学校に通いたいと言ったなら、通う。スムージー作りにもチャレンジする――』

そして、イケてるヘアスタイルにもチャレンジする。

そういうわけだ。

友達の力にもなれる。桜も、きっと喜んでくれる。一石二鳥だ。俺がオシャレに興味を持てば、桜との共通の話題も増える。

ツナ吉の妄想《もうそう》ほどではないにしろ、イメージチェンジの結果、クラスメイトからバカにされることもあるかもしれないが……存外、ちょっと面白《おもしろ》おかしくネタにされるだけで済む可能性もある。

少し、前向きに考えてみるか。

家へと向かう足取りは、軽かった。


「絶対、ダメ！」

俺の手から力が抜ける。

箸《はし》で摘《つ》まんでいたオクラが、小皿の上へと水っぽい音を立てて落ちる。

夕食の席でのことだった。本日のメニューは、肉豆腐、鶏《とり》むね肉のゆかり和《あ》え、オクラの煮浸《にびた》し。

友達と一緒に美容院に行くかもしれない、という話を、ちょうど桜に伝えたところだった。「桜のことだから、俺に似合うかもしれないヘアスタイルをあれこれ勧《すす》めてきて騒がしいことになるだろうな」と、予想していた。

だが、現実は真逆だった。

桜は、俺が美容院に行くことに対して、力強くノーを突《つ》きつけてきた。

「……え、ちょ、桜さん？」

桜は箸まで置いて、両手を膝《ひざ》に載せ、唇を尖《とが》らせる。身体中から「私、ふてくされてます！」という無言の圧を放っている。

俺も、とりあえず箸を置く。夕食のときに双方《そうほう》が箸を手放すのは、俺達の間で「真剣《しんけん》な話を始める」という合図だった。

「すまない、ちょっと、びっくりした。てっきり……桜は賛成してくれると思ってたよ。……聞いてもいいか？　どうしてそんなに反対する」

「知れたことだよ、お兄ちゃん！」

桜が椅子から立ち上がる。

「…………美容院に行くなんて、浮気《うわき》だからだよ！」

「はあああっ!?　ちょっと待て、さすがに意味が分からないぞ」

「ねえ、お兄ちゃん、人はどうしてオシャレすると思う？」

「どうして、って……」

どう答えたものか。

と、そのとき、俺の頭の中に浮かび上がってくる文章があった。桜がファッション誌のページを飾《かざ》った際に答えていた、一言インタビューだ。「Q：あなたにとって、オシャレとはなんですか」「A：本当の自分に近づくための、努力です」。

よし！

「本当の自分に近づくための、努力かな」

「は、何言ってんの？　この世界のほとんどの人は、モテたいからオシャレするんだよ！」

…………。

そんな、身も蓋《ふた》もない……。

「お兄ちゃん、モテたいの⁉　私というものがありながら？　じゃあ浮気じゃん！」

「さすがに、飛躍《ひやく》しすぎじゃないか。……て、待て。その理屈《りくつ》だと桜がファッションに気を遣ってるのも、モテるためにやってるってことにならないか」

「私のオシャレはそういうのじゃないって、お兄ちゃん、知ってるよね」

桜の目が、据《す》わった。俺は黙った。桜の言う通り、俺は彼女《かのじょ》が着飾《きかざ》る動機というものを、よく知っていた。桜の論理の矛盾《むじゅん》を突きたいがばかりに、分かり切っていた情報を無視するという愚行《ぐこう》を犯《おか》してしまった。

「お兄ちゃん、他に好きな人ができたの……？」

「え」

言葉が、出てこなかった。

桜の質問は、完璧《かんぺき》に的外れで、どこまでも間違《まちが》っていて、まともに取り合うことすら憚《はばか》られるほどで。

冗談《じょうだん》だろう？　という意味を込め、俺《おれ》は口元だけで軽く笑う。

逆効果だった。

俺の沈黙《ちんもく》と表情を、桜は最悪の意味に勘違《かんちが》いした。

「や、やっぱりそうなんだ！」

「ちょ、待て桜！」

「やだ、やだよぉ、お兄ちゃんに捨てられたら、私――」

俺は慌《あわ》てて立ち上がる。その衝撃《しょうげき》で椅子《いす》が後ろに倒《たお》れたが、気にしている場合ではない。

桜の側に寄り、その細い肩《かた》を両手で掴《つか》んだ。

驚いた桜が、俺の目を見つめる。

「浮気なんて、絶対しない！」

桜の震《ふる》えが止まった。俺の言葉が、彼女の中へと確かに響《ひび》いたのを感じる。桜は顔を伏《ふ》せると、静かになった。

落ち着いてくれたようである。

ようやく夕食を再開できそうで、安堵《あんど》する。

が、そうは問屋が卸《おろ》さなかった。

桜が、急に顔を上げる。大きく口を開け息を吸《す》い込み、まくし立て始める。

「お兄ちゃんが美容院に行くって言うんなら、私にも考えがあるもん！　……お兄ちゃんのこと、人目に触《ふ》れないように監禁《かんきん》するから！」

「『考え』って言うには衝動的《しょうどうてき》すぎるだろ！」

「私の部屋、おあつらえ向きに防音だねえ！」

「怖《こえ》えよ！」

ここに引っ越《こ》してきて以来、ここまで荒《あ》れた食卓《しょくたく》は初めてだった。

結局、桜を宥《なだ》めるのに、真夜中までかかった。

美容院に行くことに対する前向きな気持ちは、完膚《かんぷ》なきまでに消し飛んだ。


翌日。

俺、ツナ吉、菊太郎の三人は、美容院の前に立っていた。

ツナ吉の誘《さそ》いから一日を経て、俺と菊太郎の態度がどう変わったか。

俺は昨日の夜のこともあり、美容師に髪を切ってもらう気はさらさらなかった。この場についてきたのは、ツナ吉から「とりあえず一緒《いっしょ》に来てほしい」と頼《たの》まれたからだ。

菊太郎はというと、美容院に行きたいと家族に相談したら、母親に泣かれたらしい。ただ、菊太郎が予想していた涙（「うちの子がグレた！」系）ではなかったそうだ。「美容院に行こうと思えるなんて偉《えら》いわね。子供はいつか巣立つものなのね」と言われた菊太郎は「ママは僕のこと引き止めてくれると思ってた。やっぱり親離《おやばな》れするのやめる」と言い放ち、これからも母親に髪を切ってもらおうという決意を新たにした。

つまり美容院に入店するのは、ツナ吉だけだ。

俺と菊太郎は、ただ、店の前までお見送りに来ただけ。

香月《こうづき》桜は、兄と友人達の様子を、電柱の陰《かげ》から見守っていた。

サングラスに黒マスクをして、変装は完璧。

実は、兄達が学校を出てからずっと、尾行《びこう》していたのだった。

昨夜の兄に対する振《ふ》る舞《ま》いを、桜は反省していた。反省はしていたのだが……。

今日の昼休み、ツナ吉に対し兄が「仕方ないから、店の前まではついていってやるよ」と口にしていたのを、偶然《ぐうぜん》耳にしてしまったのだ。

兄は昨日、「もう俺は一生、美容院には行かない！」と桜に百回は宣言してくれていた。

昨日の今日で考えを変える兄ではないと、桜は信じている。

ならばなぜ尾行などしているのかというと、確かめたかったからだ。

いくら友達から誘われても、兄は本来、美容院になんて行くタイプの人間ではなかったはずなのだ。

今回のことは桜にとって、自身の予想と計算の外で起こった、いわば事件である。

友人と一緒にいるときであれば、兄が何か、桜に話していない本音のようなものを零《こぼ》すかもしれない。

そんなことを期待しながら、桜は電柱の陰で耳を澄《す》ます。

「くぅ、結局オレ一人かぁ……まぁ、仕方ないよな。それじゃあ行ってくるぜ」

「おう。俺と菊太郎は、そこのハンバーガー屋で時間潰《つぶ》してるよ」

ツナ吉は、美容院のドアへと向かっていく。だが、その足がピタリと止まった。

「……どうしたんだ、ツナ吉」

「いや、違う。これはビビってるってわけじゃなくてだな」

ビビっているらしい。よく見ると、ツナ吉の足はガクガクと震えていた。

「昨日の勢いはどうしたんだよ。ここまで来たら、もう行くしかないだろ。何をそんなに怖がってるんだ」

「そりゃそうだけどよぅ……場違《ばちが》いだろ。オレみたいな、見た目からしてオタクな野郎《やろう》が、本当にこんな上等な店に入っていいもんなのか?」

俺達の目の前にある店……「SALON DE TANAKA」は、確かに高級感溢《あふ》れる店構えだ。美容院らしく店の正面がガラス張りなお陰で中が窺《うかが》えるのだが……北欧《ほくおう》風、というのだろうか。落ち着いた白の壁紙《かべがみ》に、ボタニカルイメージの模様がさりげなくちりばめられていて、美しい。スタッフも客も、自信に満ちたような表情をしている。俺達が教室にいるときの顔とは、大違《おおちが》いだ。

「………なんとかなるんじゃないのか。見た目を良くするために髪を切ってもらうんだから、店に入る前はダサくても文句を言われる筋合いないだろ。風呂《ふろ》みたいなもんだ。『身体が汚《よご》れてるから浴室を汚すかもしれない』なんて不安がるのは馬鹿げてるだろ」

「風呂だったら、喜んで飛び込んでやるよ!　でも、そうじゃねーんだ!　オレの中で美容院は歯医者とかと同じカテゴリなんだよぉ！」

友人の醜態《しゅうたい》に、俺は呆《あき》れるしかない。

どうやって背中を押したものかと悩んでいると、菊太郎が口を開いた。

「生殺与奪《せいさつよだつ》の権を他人に握《にぎ》らせてるっていう点では、確かに同じかもね。考えてみると、おかしいよ。刃物《はもの》持った他人が後ろに立つって、普通《ふつう》に怖いよ」

「そうだよなぁ！　それでなんでこっちが金払《はら》わなくちゃなんねーんだって話だよ！」

「髪《かみ》切ってもらってるからだろ」

ツナ吉は、自分の両肩《りょうかた》を抱《だ》いて震え始める。

彼の頭の中には、美容師から耳を切り落とされる自分の姿でも浮《う》かんでいるのかもしれない。美術室での会話からも分かる通り、彼は非常に妄想たくましいやつなのだ。

「しかもよぉ、オレがネットで得た知識によるとだ。美容院って、ダサい客が来ると奥《おく》のほうの席に案内するらしいぜ。ガラス張りから店の中を見られたとき、『ここはレベルの低い美容院だ』って思われないようにするために」

「構わないだろ。通行人からジロジロ見られなくて、結構なことじゃないか」

「オレみてぇなやつ、きっと店の奥に積まれちまうよぉおおっ！」

「積まれるってなんだよ！　人間扱《あつか》いしてもらえる自信すらないのか！」

ここから見える美容院の中は、非常に雰囲気《ふんいき》がいいように思える。しかしツナ吉にはガラスの向こうが、もう地獄《じごく》絵図か何かにしか見えていないようだ。

ガラスの一番近くにいる大学生風の女性客と、その担当のスタッフは、俺達がここに来たときからずっと笑顔で会話している。

そんな和《なご》やかな光景さえ、ツナ吉に恐怖《きょうふ》を抱《いだ》かせる。

「あああぁ……話してるぅ……あいつら、会話してるぞぉおおお！」

「それがどうしたんだよ。こういうところの客は、店の人と話すのも楽しみの一つなんだって、どこかで聞いたことあるぞ」

「オレも、話さなければいけないんだ……！　ハサミ持った相手が、タメ語で話しかけてくるんだ……初対面なのに！　それに対してオレは、ガチガチの敬語で返さなければいけないんだ……客なのに！　『今、高校生？　へー。じゃあ今一番楽しいときだ』とか、言われるに違いねえ！　……クソが！　なんでオレの人生の一番楽しい瞬間《しゅんかん》を、田中《たなか》なんかに決められなきゃなんねーんだよ！」

「安心しろ。田中さんは、相手が学生だろうが会社員だろうが主婦だろうが、みんなに似たようなこと言ってるはずだ」

「う、うう……もう、覚悟《かくご》ってヤツを決めるしかねーのか……」

「ちょっといい？」

菊太郎が、小さく挙手した。

「そもそも、どうしてそんなにつらいのに美容院に行こうと思うの？　美術の時間に言ってたのは、多分、本当の理由じゃないよね」

菊太郎が口にしたのは、俺も薄々《うすうす》気になっていたことだった。

ツナ吉は、常軌《じょうき》を逸《いっ》しているとしか言いようのない心理的抵抗《ていこう》を抱きながらも、まだ美容院に行くことを諦めていないようだ。

昨日、ツナ吉から誘われたときには「そこまで大した理由なんてあるわけない」と思っていた。なにせ、どこまで行っても、ツナ吉が提案したのは結局「ちょっといい店で髪を切ろう」ということに過ぎないからだ。

しかし、今のツナ吉の態度からは、何か強烈《きょうれつ》な意志のようなものが垣間見《かいまみ》える。

特別な事情があるのではと考えるのは、当然のことだった。

ツナ吉が、黙る。身体《からだ》の震えも止まっている。彼が妄想の世界から現実に戻ってきた気配を、俺は感じていた。

やがて、ゆっくりと、ツナ吉が口を開いた。

「好きな子が、できたんだ」

……今、ツナ吉はなんと言った？

呆気《あっけ》にとられる俺とは違い、菊太郎の反応はあっさりしたものだった。

「なるほどね。そんなことだろうと思ったよ」

昨日、「なぜツナ吉は急にオシャレしたいなどと言い出したのか」と考えても答えは出なかった。それもそのはず、俺は滅茶苦茶《めちゃくちゃ》シンプルなことを見落としていたのだ。

食卓で桜も言っていたこと。

モテるため、だ。

俺は無意識に、その可能性を排除《はいじょ》していた。

てっきり、ツナ吉は俺と同じ種類のオタクだと思っていたからだ。オタクというカテゴリに所属していれば、外見に気を遣わないでいることがある程度肯定《こうてい》されると思っているタイプの人間……そう勝手に決めつけていた。だから、ツナ吉が女にモテたいからという理由だけでファッションを気にし始めるなんてありえないと思《おも》い込んでいた。

俺は声を潜《ひそ》め、菊太郎に耳打ちする。

「ツナ吉に好きな女がいるかもしれないって、前から気づいてたのか？」

「ううん。でも今日のツナ吉君の苦しみ様を見てたら、なんとなく恋《こい》かなって」

「なんだか意外じゃないか……その……ツナ吉が恋って」

「どうして？　僕みたいなやつはともかく、高校生なら誰《だれ》だって恋くらいすると思うけど」

確かに、それはそうかもしれないが。

俺とのヒソヒソ話を終えた菊太郎が、ツナ吉に問う。

「で、好きな人って誰なの？」

「な⁉　そ、そりゃあ、えぇと」

「おい菊太郎、ストレートすぎないか」

「え、そうかな。……確かにデリカシーなかったかも。ごめんね、ツナ吉君」

「いやっ、待てぃ！　お前らぁっ！　……オレが誰を好きなのか、お前達には知っていてほしい。……この気持ち、もう一人じゃ抱《かか》えきれねーんだ！」

いや、そう言われても。心の準備がまだ追いついていないのだが。

そんな俺の心情など知る由《よし》もないツナ吉が、語りモードに入る。

「彼女のことを思うと……胸のドキドキが収まらねえ。冴《さ》えないオタクのオレにも、彼女はときどき、明るい笑顔《えがお》で声をかけてくれるんだ……。教室の他の女子はみんな、ダサい男と話してたら自分の価値が下がるとばかりに、オレを避《さ》けるのに……」

明るく、ツナ吉に教室で話しかけている女子……。

あまり心当たりはない。

俺達みたいなのに話しかけてくる女子なんて、それこそ特別な事情がある桜くらいのものだ。

「正直、身のほど知らずの恋ってやつだ。いつもクラスの中心にいて楽しそうに笑ってる彼女と、オレなんかが釣《つ》り合うわけがない。だけど、好きになっちまったもんは好きになっちまったんだから、しょうがねーだろ。彼女、かなり派手だから、オレも地味なまんまじゃダメだよなと思って……高い店で髪でも切れば、少しは近づけるかと思ったんだよ」

……ツナ吉さん？

まさかとは、思いますが。

その女子って——

俺の心臓が、嫌《いや》な感じに脈を速める。

——桜、では。

「彼女の名は——」

まずい。

もし、ツナ吉の想《おも》い人が、桜だとしたら。

そのときは、応援《おうえん》してやるどころじゃない。美容師じゃなく、俺が刃物持ってツナ吉の後ろに立つことになるぞ！

「待てツナ吉、言うな……」

「――鵯《ひよどり》美也《みや》さんだあああっ！」

「…………………」

誰だ。名前を聞いても、すぐに顔が浮かんでこない。

……そうだ、桜の友達だ！　桜の写真が載《の》った雑誌の切り抜《ぬ》きをラミネート加工して持ってきていた女子！

桜の名前が出てくるものだとばかり思っていたところに、急に別の女子の名前を聞かされたものだから、クラスメイトであるにもかかわらず、咄嗟《とっさ》に鵯さんのことを思い出せなかった。

鵯さんは、憧《あこが》れの桜を真似《まね》ているのか、できるだけ多くのクラスメイトと繋《つな》がりを持とうと努力している。ツナ吉が何度か話しかけられていても、不思議ではない。

肩の力が、一気に抜ける。

「やっぱオレじゃ、厳しいかなぁ。どんなに変わりたいって思っても、元がこれじゃあなあ、ははは……」

「ツナ吉……」

「ツナ吉君……」

切なげに俯《うつむ》くツナ吉。乾《かわ》いた笑い声の中に、哀愁《あいしゅう》があった。その姿を見た俺と菊太郎の気持ちは、多分一緒だった。

ツナ吉は、俺達三人組におけるムードメーカーだ。先ほど、彼は鴨さんを「クラスの中心にいる」と評したが、彼自身もまた、俺達の中心にいるのだ。

ツナ吉のこんな姿は、俺も菊太郎も見たくなかった。

俺はツナ吉に近寄り、その肩を、軽くたたく。

「変わればいいじゃないか、ツナ吉」

「鳳理……」

「鴨さんのこと、好きなんだろ。ちゃんと話したこともないのに、自分だけが彼女のことを守れるような、変な気分になってるんだろ。お前のそのたくましい妄想の世界で、何度も彼女が幸せそうに笑うんだろ。なら、迷うな」

ツナ吉の顔面を凝視《ぎょうし》しながら、俺は力強く言い放つ。今日のツナ吉の眼鏡には、指紋一つ付いていないことに気がついた。

「……ありがとよ、鳳理。それと、菊太郎も。オレ、行ってくるわ」

ツナ吉が、俺と菊太郎に背を向ける。

そして……美容院の中へと、一人で入っていった。もう、彼の中に迷いはないようだった。

後は、待つだけだ。イケイケに生まれ変わった数十分後の友達の姿に思いを馳《は》せながら、ハンバーガーでも食べよう。

「熱かったね、さっきの鳳理君。今日は、友達二人の意外な一面を知っちゃったな」

菊太郎が、感慨深《かんがいぶか》そうに言った。

「……あいつが煮《に》え切らないから、こっちの痺《しび》れが切れただけだよ」

嘘《うそ》は言っていない。だが、真実を全て伝えているような言葉でもない。

俺は、眩《まぶ》しかったのだ。「変わりたい」と心を剥《む》き出しにして願えるツナ吉のことが。

だが、それは隣《となり》の友達に知られるべき感情ではない。

「さあ、行くぞ」

俺達は美容院に背を向け……ようと思ったのだが。

店のドアから、ツナ吉が出てきた。俺と目が合うと、気まずそうに目を逸《そ》らす。

「ん、どうしたツナ吉」

「…………予約が必要って言われた」

この季節にしては冷たい風が、俺達の間を吹き抜けた。

兄と、その友人達が、美容院の前から去っていく。

三人の姿が完全に見えなくなると……香月桜は、ほっと胸を撫《な》でおろした。サングラスと黒マスクを外す。

長いこと電柱の陰から聞き耳を立てていたが……この距離《きょり》だとさすがに、話してる内容を全部拾うのは不可能だった。聞いた限りだと、特に気になるようなことは何も話していなかったと思う。「美容院は歯医者と同じ」だとか、「店の奥に積まれる」だとか、「ツナ吉が美也に恋してる」だとか、せいぜいその程度だ。

肩透《かたす》かし、というやつだった。

桜は、さっきまでツナ吉が入ろうとしていた美容院の前に立つ。

中々いい店構えだ、と感心する。桜のオシャレセンサーが、「ここは当たりだ」と反応している。

入り口から急に、女性が飛び出してきた。スタッフのようである。左右をせわしなく見回している。

その様子が気になった桜は、声をかけてみることにした。

「どうしたんですか?」

「えっ……ああ、いや、たった今、予約していたお客様が急にキャンセルになってね。さっき断った飛び込《こ》みの男の子がまだいたら、案内しようと思ってたんだけど、遅《おそ》かったみたい」

　桜の顔に、笑《え》みが浮かんだ。

「ただいまー、お兄ちゃん」

「ああ、おかえり」

　俺がリビングのソファでくつろいでいると、桜が帰ってきた。

　桜は俺の目の前にやってくると、何かを言ってほしそうな顔で仁王《におう》立ちする。

　何を言えばいいのか分からずに俺が思案していると、桜が大きく髪をかき上げた。

「……髪、可愛《かわい》くなったな」

「よく気がつきました！　毛先整えたの。あと、ヘッドスパとトリートメントも、やってもらっちゃった！　めっちゃいいお店、見つけちゃったんだよねー」

「へえ。なんて名前の店なんだ」

「えっ、あ、それは、その……」

「いや、やっぱり教えてくれなくて大丈夫《だいじょうぶ》だ。どうせ、俺には縁《えん》がないことだろうしな。

「………さ、夕飯でも作るか」

俺はソファから立ち上がると、キッチンへ向かい、冷蔵庫を開ける。

「………そうだね。美容院なんて行かなくても大丈夫。お兄ちゃんは、ありのままが一番かっこいいよ」

桜のその言葉は、独り言のような響きを持っていた。故に反応するのが遅《おく》れてしまった。

俺は、オレンジジュースの賞味期限をチェックしつつ、彼女に背中を向けたまま、「ありがとう」と一言だけ返した。


ツナ吉はその後、結局、美容院には行かずじまいだった。

というのも。

「オレ、とうとう本当の恋ってやつを知っちまった！　一組の藤堂《とうどう》さんっているだろ。ほら……見た目だけはオシャレなバカ男子どもが廊下《ろうか》で騒いでると、無言で隅《すみ》っこからウザそうに睨《にら》みつけてる、あの子だよ！　昨日、藤堂さんが廊下の花瓶《かびん》の水を替《か》えてるところを見た瞬間、オレの身体に電流が走ってさぁ」

そのまま黒焦《くろこ》げになっちまえ。

美容院に行く行かないの騒ぎから、まだ三日しか経っていない。

俺と菊太郎《きくたろう》が送る冷めた視線も意に介《かい》さず、ツナ吉は脳天気に笑った。

「オレ、人生で今が一番楽しーかも！」

第五章　策士、情に溺れる

「『スパイ・ダーリン』のアニメ、来週は最初の山場だねー。ジェイ君の中でどんどん大きくなっていく、アナちゃんの存在。だけどジェイ君は、スパイには不要な感情である恋《こい》心《ごころ》を認めることができずに、アナちゃんを遠ざけちゃうんだよね。恋愛《れんあい》を取るか、任務を取るか、二つに一つ。あー、切ないなぁ……！」

「あれ、そこって山場か？　俺的には、来週は溜《た》め回だと思ってたんだが」

「お兄ちゃんって、爆発《ばくはつ》とか銃撃戦《じゅうげきせん》のあるシーンじゃないと、山場って認めてくれないとこあるよね。ちょっとロマンスが足んないんじゃないの？」

　ソファで隣《とな》り合って座《すわ》りながら、俺達《おれたち》は語り合う。

　平日の夕方。

　今日は、桜《さくら》にも俺にも、放課後の予定は何も入っていなかったので、二人してまっすぐ家に帰ってきていた（もちろん、一緒の方向に帰っていると周囲に気づかれぬよう、教室を出る時間を多少ずらしはしたが）。

夕食まで、まだ時間がある。

テレビの画面では、『スパイ・ダーリン』が、一話から垂れ流すように再生され続けている。

「はぁ……ジェイ君。お願いだから、アナちゃんのこと、もっと大事にしてー」

「……まあ、恋愛感情にお別れするためとはいえ、『あばよ、怪力《かいりき》殺人イカレ女』はひどいよな」

「来週、アニメでジェイ君が、ついにその台詞を言っちゃうんだよね。……やだやだ、聞きたくないー。原作と別ルートとか行ってくれないかなー。ジェイ君がアナちゃんを抱きしめて、みんな幸せになって終わり」

「今どき、そんなアニオリが許されるわけないだろ。……二十年前とかだと、結構大胆《だいたん》なアニメオリジナルの展開とかキャラクターとかも、多かったらしいけどな。確か、菊太郎がそんなことを言っていた気がする」

桜がクッションを抱いて、やだやだとばかりに身体を横に揺《ゆ》する。

「決めた。明日、もし昼休みにお兄ちゃん達が、来週の『スパイ・ダーリン』の話をしてたらさ、遊びに行ってもいい？　ツナ吉《きち》君と菊太郎君に、私の脚本案《きゃくほんあん》をそれとなく披露《ひろう》してみたい」

「まあ、好きにしろ。……くれぐれもオタバレしないようにな」

俺はテレビ画面を見る。その中ではシャーロット（ジェイの上司である、諜報部《ちょうほうぶ》の渋《しぶ》いおばあさん）とグリムレッド（今アニメでやっている首都沈没《ちんぼつ》編のラスボス）が、世界の均衡《きんこう》や真の正義について、ウィットの利いた会話を繰《く》り広げている。

俺は桜が、この二人のシーンにはそれほど興味を持っていないことを知っていた。

まだ、雑談を続行しても「お兄ちゃん静かにして」と怒《おこ》られる心配はない。

「前々から気になってたんだが……桜は、ツナ吉と菊太郎のこと、どんな風に思ってるんだ？」

「え、あの二人？　うーん……お兄ちゃんと友達になってくれてありがとうって気持ちが六割、私のお兄ちゃんにベタベタしないでって気持ちが四割、かなぁ」

「図太い情緒《じょうちょ》だな。俺なら絶対おかしくなる」

桜はリモコンを手に取ると、テレビに向かってスタンバイする。

「今のこのシーン終わったらさぁ、原作にないアナちゃんのシャワーシーンから始まるじゃん？　アニメ作ってる人達、本当に分かってるよねー。シーン変わったら、音量上げなきゃ」

桜の言葉に、俺も姿勢を正し、テレビ画面に集中する。

ツナ吉がその台詞《せりふ》を口にしたのは、昼休みになったばかりのことだった。

「来週は『スパイ・ダーリン』溜め回かぁ。動きの少ない回だけど、お前ら、どんな感じになると思う？」

一軍グループの中で楽しそうに笑っていた桜が、一瞬《いっしゅん》だけ俺達三人のほうを見た。

案の定、桜は自然にグループの輪を抜けると、こっちに向かって歩いてくる。他のクラスメイト達は、桜がオタク君達に接触《せっしょく》したいがために自分のグループを離《はな》れたなどとは、思いもよらないはずだ。

桜が、いつもの掃除《そうじ》ロッカーの前にいる俺とツナ吉、菊太郎のほうへ、歩を進めてくる。

ツナ吉と菊太郎からは死角になっている方向から近寄ってきているため、俺しか、まだ桜の接近に気づいていない。

そして十分に距離を詰《つ》めたタイミングで……桜は目を閉じ、思案するようなそぶりを見せる。シンプルに「わっ」か、明るく「よう！」か、いきなり「オタク君！」から始めるのか、第一声に悩《なや》んでいるのだろう。

やがて、なんと声をかけるのか決めたらしく、桜が目を開いた。

そして。

「香月《こうづき》さん、ちょっといいかしら」

その声は、桜のものではなかった。

ツナ吉と菊太郎が、振り向く。そして、まず自分達の真後ろにいた桜に対して驚《おどろ》いた後……そこにいたもう一人の人物に目を向ける。

桜に声をかけたのは、仁宮真理《じんぐうまり》先生だった。

俺達のクラス担任。二十代半ばの、おっとりとした雰囲気が特徴《とくちょう》の女性である。

「なーに、真理ちゃん」

「もう。真理ちゃんじゃないでしょ、仁宮先生と呼びなさい。……いえ、ちょっとお話ししたいことがあるから、少し職員室まで来てくれるかな」

「はーい」

桜は仁宮先生の言葉に、素直《すなお》に従った。

このときは、珍《めずら》しいこともあるものだ、くらいにしか思っていなかった。一緒に暮らす俺のサポートもあって、桜は課題や提出物が遅れるようなこともない。だから、彼女が呼び出された理由など見当がつかなかった。

ツナ吉と菊太郎が、会話を再開する。

桜の呼び出しに関しては、特に気にすることもないだろうと判断し、俺も昼休みの談笑《だんしょう》の輪へと戻《もど》っていった。

異変を感じたのは、昼休み終了間際《しゅうりょうまぎわ》。

桜が教室に戻ってきた。仁宮先生も一緒だった。うちのクラスの次の授業は、仁宮先生の担当する現代文ではない。

仁宮先生が、授業の準備をしていた俺の席にまで近づいてくる。

「風見《かざみ》君、ちょっと、職員室に来てくれるかな」

「えっ、今からですか。もう五限、始まりますけど」

「次の授業の先生に、お話は通してあるから大丈夫よ」

こんな誘われ方をされて、嫌な予感のしない高校生が、果たしているだろうか。いないだろう。

先生の表情からは、何も読めない。いつもと同じ、「親戚《しんせき》のお姉さんとかに一人いてほしい」とこちらに思わせるような、柔和《にゅうわ》な微笑《ほほえ》みを浮かべている。

「……まいったな。せっかく予習してきたのに」

「じゃあ少しくらい授業を受けなくても大丈夫ね」

教師らしからぬ台詞を言いながら、仁宮先生はいたずらっぽく笑う。穏《おだ》やかなようで、肝心《かんじん》なときには生徒に有無《うむ》を言わせないのが、この人の教師としてのスタイルだった。

俺は大人しく、仁宮先生の後に続いて、教室を出た。

頭の中は、不安でいっぱいだった。こんな風に呼び出される心当たりなんて、一つしかない。

学校側に、俺と桜の関係が、バレたのだ。その証拠《しょうこ》に、さっきは桜が仁宮先生に呼び出されていた。続いて、俺だ。これはもう、確定だろう。

どんな詰められ方をされるのだろうか。同棲《どうせい》している理由などを、洗いざらい白状させられるのだろうか。不純異性交遊だと責められる？　もういっそ、退学？　先に取り調べを受けた桜は、どんなことを話したのだろう。学校関係者に秘密がバレたともなれば、今のクラスメイト達にもなし崩《くず》し的に伝わってしまうのは、時間の問題だろう。ああ、もっとよく、さっき教室に戻ってきたときの桜の表情をきちんと見ておくんだった……。


「俺が、他の生徒から嫌がらせを受けている⁉」

職員室の奥にある、生徒指導室。

狭《せま》い部屋には、俺と仁宮先生の二人きりだ。

仁宮先生から、呼び出しの理由が伝えられた瞬間、俺は思わず大きな声を出していた。

桜との関係が露見《ろけん》したわけではなかった、ということが分かったことによる安心感と、いきなり身に覚えのない話を伝えられたことによる驚きが混ざった声だった。

「うん。他の生徒から匿名《とくめい》でね。風見君が苦しんでいるんじゃないかって、相談があったのよ」

「匿名……？　あの、それで、誰が俺に嫌がらせをしているっていうんですか」

「香月桜さんよ」

「え⁉」

俺が、桜から、嫌がらせ？　一瞬、頭が真っ白になる。一体どこの誰が、そんな勘違《かんちが》いを。

思わず、黙《だま》り込む。

仁宮先生は机の上に肘《ひじ》をつき、指を組んで、その上に顎《あご》を載せた。そうして、彼女《かのじょ》がほんの少し顔を傾《かたむ》けると………まるで、何を打ち明けても受け入れてもらえそうな、温かな頼もしさが醸《かも》し出される。

先生は、俺から話すのを待っている。

俺は慌《あわ》てて口を開く。

「何かの間違《まちが》いです！　香月さんは、ええと……可愛くて、魅力的《みりょくてき》で、友達が多くて……俺《おれ》は毎日感謝してるんです。あんな子と一緒の教室で勉強ができて、幸せです。幸せすぎて、もし香月さんが俺の前の席になったりしたら、かえって勉強に集中できなくなるかもしれません。つまり、その……幸せです」

しまった。桜のこと、持ち上げすぎたか？　これじゃかえって、気弱な男子がクラスの女王に怯《おび》えて忖度《そんたく》してしまってるように、見えただろうか。

「とにかく……その匿名の誰かは、何か勘違いしてるんですよ」

「……そう。分かったわ。お話、聞かせてくれて、ありがとね」

先生は椅子《いす》から立ち上がると、大きく腕《うで》を上げて伸《の》びをする。

「困ったことがあったら、なんでも先生に相談してね。先生はいつでも、あなたの味方だから。……さあ、もう戻っても大丈夫よ。あ、でも授業中の教室に入るのは目立つから嫌かな？　六限になるまで、ここで先生と一緒にお話しして過ごすのもいいと思うけど……どうする？」

俺はその提案を丁重《ていちょう》にお断りし（「すいません。授業を聞かないと、復習もできないので」）、教室へと戻っていった。

放課後。

俺はツナ吉と菊太郎に誘《さそ》われ、学校の最寄《もよ》り駅前にあるハンバーガーショップ（店名：バーガーパラダイム。通称《つうしょう》、バッパラ）に来ていた。

イートインコーナーの四人掛《が》けテーブルで、昼休みと変わらないような、とりとめのない話に興じる。

「ポテトL二個は、オレちょっと欲張りすぎたわ。鳳理《ほうり》、少し食わねーか？」

「鳳理君。この生姜《しょうが》ソースのナゲットもおいしいよ。よかったら一個食べない？」

「ありがとう。もらうよ」

お言葉に甘《あま》えて、二人のトレーの上から、ポテトとナゲットをつまむ。

「うまいか、鳳理」

「おいしい？　鳳理君」

「ああ。こういう店のポテトとかナゲットって、持ち帰るより店内で食べるに限るな」

「だよなー」

「ねー」

「俺が香月さんから嫌がらせを受けてるって仁宮先生に相談したの、お前らだろ」

ツナ吉と菊太郎の表情が、ぎくりと強張《こわば》る。そのまま、二人揃《そろ》って沈黙《ちんもく》する。

店のレジの奥にある調理スペースから、ポテトが揚《あ》がったことを知らせる音楽が聞こえてくる。

最初に観念したのは、菊太郎だった。

「……気づいてたんだ」

「そもそも、教室で俺のこと気にかけるようなやつなんて、お前らぐらいだろ。それに、『香月さんに絡《から》まれてるオタクグループが可哀想《かわいそう》』なんてことを考える聖人みたいなやつが、他にいたとしてもだ。そのときはお前らも一緒《いっしょ》に事情聴取《ちょうしゅ》されてなきゃ、おかしいしな」

菊太郎は、気まずそうに下を向いてしまった。俺は彼《かれ》からもらったナゲットを口に放《ほう》り込み、ゆっくりと咀嚼《そしゃく》して飲《の》み込む。

「で、どういうことなんだ？　事情を説明してほしい」

「すまん、鳳理！　オレのせいなんだ！」

ツナ吉がテーブルの上に両手をついて、頭を下げる。

「え、ツナ吉？」

「昨日の放課後さぁ、お前が先に帰った後、菊太郎と一緒に図書室で宿題やってたんだよ。そしたらそこに、たまたま真理ちゃんが来てさ。『何か学校生活で困ったことはない？』

なんて聞かれたもんだから…………オレ、ポロッと口が滑《すべ》っちまったんだ。『もしかしたら、鳳理が困ってるかもしれない』ってよ。オレはヤバいと思って、それ以上は話さないようにしようとしたんだが…………『詳《くわ》しく聞かせて』って、真理ちゃん、離してくれなくて」

「俺が、困ってる？」

「ああ。香月さんのことでな」

ツナ吉が、慌ててきょろきょろと周囲を見回す。学校の最寄り駅というだけあって、俺達と同じ制服を着ている生徒も、それなりにいる。桜本人か、桜の友達が近くにいないかと、気にしたのだろう。杞憂《きゆう》だ。桜も、多分彼女の友達も、スターバックスより下の店を利用するタイプではない。

「香月さん、ときどきオレ達に話しかけてくるだろ？　で、まあ、なんだ。結構暴走するじゃんか、あの人。オタクでもなんでもないのにさぁ、キャラのこと大声でエロいって連呼したりしてよ……。目立たずに楽しみたいっていうオレ達の繊細《せんさい》なハートが、まるで分かってねーんだな。でも、悪気がないのも分かってるから、こっちも本気で嫌がれねーしさぁ」

「えっ、待ってくれ……お前、香月さんのこと、苦手だったのか？」

「そりゃ、まあ。どっちかってーと」

「あんな美人に絡まれるなんて役得だって、前に言ってただろ」

「だって、それはよぉ、ああいう風に盛り上げなきゃ、場が暗くなるだろ。香月さん、影響力《えいきょうりょく》デカいしさぁ。オレ達みたいなののほうから香月さんのこと嫌がってる、なんて他のクラスメイトどもに思われてみろ。生意気だって、八方から目ぇつけられるぜ」

ツナ吉の言葉は、意外なものだった。語気そのものも。

彼の今の言葉には、桜に対する明確な嫌気《いやけ》が滲《にじ》んでいた。

ツナ吉の言葉に、菊太郎も続く。

「僕《ぼく》は嫌《きら》いだよ、香月さんのこと」

「おいっ」

ストレートすぎる言葉。とっさにツナ吉が菊太郎を制した。

だが、菊太郎は止まらない。

「ごめんね。ツナ吉君。でも僕は君と違《ちが》って、誰かをハッキリと嫌いって言うことに、良心の呵責《かしゃく》を覚えるような人間じゃないから。正直、僕は香月さんから、三人で楽しく会話してるときに邪魔《じゃま》されるの、迷惑《めいわく》だと思ってる。話しかけてくるのが週に二、三回くらいだからまだ我慢《がまん》できるけど、ペース上がってきたら、僕、多分顔に出ちゃうと思う」

ツナ吉のポテトを、菊太郎が横からつまんで口に放り込む。

「っていうかよぉ、最初はそこまで、オレも香月さんのこと、苦手じゃなかった気がすんだよなぁ。きっかけはやっぱ、鳳理かなぁ」

「あ、それ僕も」

「俺が、きっかけ？」

「菊太郎と、ときどき話してたんだよな。最近、鳳理が香月さんの矢面《やおもて》に立つこと増えてきたよなーって」

「結構前にさ、香月さんがアナスタシアについて話してたとき、鳳理君、遮《さえぎ》ったでしょ。女子とエロ系の話なんて恥《は》ずかしくてできるわけない僕達《ぼくたち》を代表して、戦ってくれたよね。……その何日か後も、鳳理君の地雷踏《じらいふ》んだ香月さんを、校舎裏にまで呼び出して注意したこともあったよね。僕も、ツナ吉君も、教室での立ち位置を気にして、香月さんには曖昧《あいまい》な態度を取り続けてた。でも、君だけは違った。僕、君のこと、本当にすごいと思ってるんだよ。…………だけど、そういうことがあってから、香月さんの会話のターゲートの比重みたいなのが、鳳理君に集中し始めたような気がしたんだ。僕もツナ吉君も、君に甘えすぎてたって、最近は反省してた。……で、そんなときに、仁宮先生から水を向けられてしまったから」

「うっかりオレが、ポロッと話しちまったってわけだ。……いやぁ、マジですまん！　真理ちゃんに相談するかどうかは、まずお前自身と話し合ってから決めるべきだった！」

今回の事件の全容が、明らかになった。

俺にとって今の会話は、情報の奔流《ほんりゅう》だ。

三人、いつも一緒にいたにもかかわらず、俺は友人達の心の動きについて全く気づいていなかった。

「別に、謝《あやま》らなくて大丈夫だ」

俺は、努めて明るい声を出した。二人に対して——何より、俺自身に対して——今回のことは何も大したことじゃないと言い聞かせるように。

「俺のこと、心配かけてすまなかった。だけど、香月さんのことなんて、俺は全然気にしてなかったぞ。それに、菊太郎は俺のこと『クラスでの立ち位置を気にしなくてすごい』って言ってたが……それも違う。俺だって、怖《こわ》いさ。香月さん、クラスの人気者だろ？告げ口みたいな真似したら、お前らが目をつけられるかもしれないじゃないか。香月さん自身はともかく……香月さんの友達とかは良い顔してくれないんじゃないか？」

「オレ、お前となら一緒に地獄《じごく》に落ちるぜ」

男に言われても嬉《うれ》しくない、などと冗談《じょうだん》を口にすることはできなかった。

かろうじて、

「……重いんだよ、バカ」

とだけ絞《しぼ》り出した。

それから駅で別れるまでの間、俺は心に棘《とげ》が刺《さ》さったままであることを二人に悟《さと》られないように努めた。


思ったより、ハンバーガーショップで話《はな》し込んでしまった。

家に帰りついたころには、もう七時前になっていた。

玄関《げんかん》に桜の靴《くつ》があったので、リビングのほうに向かって「ただいま」と声をかけると、「おかえりー」と明るい声が返ってくる。桜の声は、特に普段《ふだん》と変わりがないように思えた。

俺は自室で着替《きが》えを済ませると、リビングへ向かった。

「遅くなって悪かった。夕食、シロボシで惣菜《そうざい》買ってきたんだけど、それで大丈夫だよな」

「うん……。わぁ、からあげだぁ」

「家で揚げ物なんて、俺はしないからな。たまには、こういうのもいいだろ」

キッチンにエコバッグの中身を置き終わると、桜が側に近寄ってくる。

俺の二の腕を指先で軽くつつくと、

「お兄ちゃん……今日のことなんだけど」

目に見えて気まずそうに、切り出してきた。

俺と桜は、ソファに腰《こし》かける。

テレビでは、バラエティ番組――芸人でもアイドルでもない、なんの能があって起用されているのだかよく分からないおじさんタレントが業務スーパーの商品を紹介《しょうかい》しているだけの変な番組――が流れている。桜が、テレビをオフにする。

「今日、ごめんね。急に呼び出されて、お兄ちゃん、びっくりしたよね。……私、自分でも気づかないうちに、いろいろ失敗しちゃってたみたい」

「ああ。いきなりだったから、驚いたよ。てっきり、俺と桜の関係が学校側にバレたんだと思った。……そうじゃなくて、ホッとしたよ」

「うん。お兄ちゃんは今回のこと、どう思う？」

「どう、って……」

桜からそう尋《たず》ねられて初めて、俺は自分が今回のことについて、まだなんの意見も持ち合わせていないということに気がついた。当事者たる俺の頭が、まだ何も働いていない。

だがそれは、単なる怠惰《たいだ》ではない気がする。

今日知った様々な情報のいくつか、あるいは大部分が、心の中で澱《おり》となり、俺の思考をせき止めている。

学校であんなことがあった後でも、このリビングは変わらない。いつもと同じように、俺の身体《からだ》を優《やさ》しく迎《むか》え入れてくれる。

だが、いつもは家のドアを開けた瞬間《しゅんかん》に夕焼け空へ向かって雲散霧消《うんさんむしょう》してくれるはずのものが、今日だけは心の中に残り続けているのだ。

「私、どこで間違えちゃったんだろう。……お兄ちゃんのことを真理ちゃんに相談したの、ツナ吉君と菊太郎君だよね」

桜が、静かに零《こぼ》した。

「私、自分ではいっぱい考えてるつもりだった。ツナ吉君や菊太郎君のこと、分かってるつもりだった。ツナ吉君は、私みたいな子からグイグイ来られること自体は恥ずかしかったかもしれないけど、トータルでは喜んでくれてると思ってた。クラスの中心にいる人と普段から関わりを持つのって、学校生活に有利だし。菊太郎君は冷静だけど、そういう人は臆病《おくびょう》なところがあるから、私のことも黙認《もくにん》してくれると思ってた。私が話しかけるのを週に二、三回くらいに抑《おさ》えてるうちは、なんとも思わないって、決めつけてた。私、全部自分の頭の中でちゃんと予想して、計算できてると思ってたの」

人の心は計算できない、だとか。

そんなチープな言葉を、桜に言うことはできなかった。実際、彼女は教室内の複雑な力学が作用する中で、これまで器用に立ち回ってきた。多少誰《だれ》かに強引《ごういん》に話しかけたとしても、「桜のような魅力的な女の子が自分から話しかけてくれるなんて」というメリットが相手にとって、いつだって上回るようにしていた。そういうキャラクターを、築き上げていた。ツナ吉や菊太郎だって、彼女のことを最初は本気で疎《うと》ましく思っていたわけではなかった……。

では、なぜ今日のような事態になったのか。

「桜。これは計算だとか、そういう問題じゃない。単純なことなんだよ」

「……どういうこと?」

「俺とあの二人は、桜が考えているよりずっと仲が良かったんだ。それだけだ」

俺は桜に、先ほどのハンバーガーショップでのやり取りを、包み隠《かく》さず伝えた。桜は小さく相槌《あいづち》を打ちながら、俺の話を遮ることもなく、聞き続けた。

「気の置けない友達がさ、桜のことあんな風に言ってるの……ショックだった」

「うん」

「さっき桜、質問したよな。俺が今回のことをどう思ってるかって」

勇気を出し、心の澱の一部を、俺は桜に向かって吐露《とろ》する。

「正直、今の暮らしが間違っているんじゃないかと、少し思った」

俺の言葉を聞いた桜は、何も言わない。

俺の言葉が彼女を沈黙させた……そのことが受け入れられず、俺は話を続ける。

「考えが、まとまらない。考えることに必要な要素だけは頭の中にパンパンに詰まってるんだが、その中から、どれとどれを結びつければいいのか分からなくて、途方《とほう》に暮れてるんだ。ツナ吉と菊太郎は、桜が教室で声をかけてくるとき、本当はどんな気分だったんだろうとか……同棲していることを隠しながら一緒の学校に通うなんて、そもそも馬鹿げてたんじゃないかとか……桜と初めて会った日のこととか……家に帰るまでの間、そして今も、頭の中でごちゃごちゃになってて、収拾《しゅうしゅう》がつかない」

俺は、ソファから立ち上がった。

自分が、信じられなかった。

もう少し冷静に話せると思っていた。だが言葉が口から出ていくごとに、自分の中の精神的な内圧が高まっていくのを感じる。

「少し、一人で考える時間がほしい。俺は自分の部屋に行ってるよ。惣菜、適当に温めてから食べてくれ」

そう言って、俺は部屋に籠《こも》った。

翌朝、目が覚めると、桜がいなくなっていた。

第六章　インダストリアル型ハッピーエンド

昼休みの始まりを告げるチャイムは、いつだって生徒達《たち》を活気づかせる。

クラスで一番の人気者であるサッカー部の大谷《おおたに》君の周りに、バスケ部だとか野球部だとかの男子達が集まり、部活連合のような様相を呈《てい》する。するとその次には、そこに制服を着崩《きくず》した明るい女子達がやってくる。楽しい楽しい、お弁当タイムの始まりだ。クソッタレ。

今、その輪の中に、いつもいるはずの桜《さくら》はいない。

だが、彼ら彼女らの輪には、どこかが欠けているような不穏《ふおん》な空気は見られなかった。桜がいない分の穴を、他の生徒達から発せられる明るい声達が少しずつ集まって、綺麗《きれい》に埋《う》めてしまったかのようだ。

俺は、その様子を尻目《しりめ》に、小さくため息を吐《つ》く。

桜が原因不明の欠席をしている、という事実が、一軍グループの日常に対して少しでも影《かげ》を落としていてほしいという気持ちが、俺の中にはあった。

それと同時に、そんなことを願う自分自身を、傲慢《ごうまん》だと蔑《さげす》んでいる。

遊び盛《ざか》りの高校生が学校をたかだか一日無断欠席したくらいで、騒《さわ》ぐやつはいない。恐《おそ》らく、誰も桜のスマホに心配のメッセージを送ることもしていないだろう。どんなに親しい友達からであっても、そんな風に過保護に扱《あつか》われたら、気持ち悪さを覚えるものだ。人間関係に長《た》けた一軍グループの人間が、そんな失態を犯《おか》すはずもない。しかも、仮にメッセージを送ったとしても無意味だ。桜は、スマホを持たずに出ていった。どんなにメッセージを送っても、桜の部屋の机の上でバイブ音が響《ひび》くだけである。

普段なら集中して聞いていられる授業も、まるで耳に入らなかった。

何度も、学校を早退して桜の行方《ゆくえ》を追うべきではないかと考えた。あるいは、警察に駆《か》けこむべきなのではないかとも。

だが、躊躇《ちゅうちょ》していた。

理由は、一軍グループの連中達と、同じだ。

桜が姿を消してから、まだ半日も経《た》っていない。桜が今どうしているのかを考えると不安になるのは確かだ。だが、学校が終わって帰宅すれば、そこには呆気《あっけ》なく帰ってきていた彼女がいて、申し訳なさそうな顔で出迎《でむか》えてくれるような気もするのである。

学校が終わると、俺はまっすぐに家へと帰った。

家のドアを開けた瞬間に、悟る。

まだ、桜は帰ってきていなかった。

俺はダイニングの椅子に腰かける。

頭の中では、希望と不安が行ったり来たりだ。

気分が落ち込《こ》むが……まだ、楽天的な気持ちは潰《つい》えていなかった。桜は、あれでしっかりしている、モデルの仕事なども既《すで》にこなしていて、俺よりずっと世間というものを知っている。たとえ今晩帰ってこなかったとしても、危険な場所で彼女が一夜を過ごすようなことはないはずだ。しかし、彼女が衝動的《しょうどうてき》な側面も持ち合わせていることを、俺は知っている……。

ふと、顔に西日を感じる。

窓の外から、いつの間にか夕陽《ゆうひ》が差し込んでいる。

ずいぶんと長い間、ダイニングの椅子で呆《ほう》けていたらしい。

なんとなく口元が寂《さび》しい気がして、俺はキッチンへと向かった。

キッチンの棚《たな》に、カップラーメンがあったのを思い出した。こちらに引っ越《こ》してきたばかりのときに買い置きしていたものだ。

フライパンに水を適当に入れ、コンロ点火。沸騰《ふっとう》したら、カップラーメンの蓋《ふた》を開け、その中に湯を投入する。これで後は三分待つだけ……の、はずが、カップの深さ一センチ分ほど湯が足りなかった。ごく少量の水を追加で沸騰させ、カップに追加投入する。最後に、汁椀《しるわん》に卵を割り、かき混ぜる。

ダイニングテーブルの上に、カップ麺《めん》と、溶《と》き卵《たまご》の入った椀《わん》が並ぶ。強くなってきた夕陽の中、俺は麺を箸《はし》で持ち上げる。それを、溶き卵にくぐらせ、啜《すす》る。栄養という面において不安しかないカップラーメンという食べ物だが、こうして生卵ですき焼き風に食べると、罪悪感が少しだけ軽減される。

俺は、悲しくなった。

いつもは桜と食事をしているダイニングで、こういういかにも適当なもの食べていると、いやがおうでも寂寥感《せきりょうかん》を覚える。

気づいてしまった。

俺は、桜がいなくなったという事実を、少しでもこの部屋において分かりやすく表現したいがために、こんなものを食べているのだ。

恋人《こいびと》に出ていかれた可哀《かわい》そうな男、という役を自分からすすんで演じることで、自分を安心させたがっている。

窓の外の大きな夕陽。そのオレンジの光はまるで、ここでない場所に繋《つな》がる入り口……

不思議な魔力《まりよく》を持った郷愁《きようしゆう》の結晶体《けつしようたい》のように感じられた。

俺の意識が、過去へと、落ちていく。


中学二年生になったばかりのころ。

生まれて初めての恋《こい》をした。

地方の片田舎《かたいなか》の中学校で、俺はずっと、心を殺して暮らしていた。俺は他人と会話することを恐れていた。

学校の教室というものが、残酷《ざんこく》な水槽《すいそう》のように思えていた。

小学四年生くらいの時分だろうか。社会科見学でバスに乗って水族館を訪《おとず》れたときのこと。他のみんなが、おびただしい数の美しいクラゲが漂《ただよ》う巨大《きよだい》な水槽に夢中になっている間……俺は隅《すみ》にある、熱帯魚の水槽を見ていた。その水槽は、自宅で熱帯魚を飼育する際にも用いられるようなものと全く変わりがない。わざわざ水族館に来て、足を止めて観賞《かんしよう》するような価値のない代物《しろもの》だった。

小さな小さな、魚達の世界。

明るい赤色をした綺麗な魚が、他の魚達に追われている。

四方から体当たりをされ、ヒレを食われながら、逃《に》げ惑《まど》っている。

その様を見て、俺は泣いた。先生が近づいてきて、どうしたんだと声をかけてきた。他のクラスメイト達は、急に泣き始めた俺を見て笑っていた。

あの、赤色の熱帯魚。

あんなにも美しく生まれついた存在が、原始的な悪意に囲まれるという光景……それが、小学生の俺には、ひどく恐ろしく映った。

先生が、俺を水槽の前から引き剥《は》がした。

だから俺は、あの赤い魚が最後どうなったのかを、知らない。

俺は日頃《ひごろ》から、小学校で孤立《こりつ》していた。生まれてから十歳《さい》になるまで、友達などいた覚えなどなかったが……俺は一応、努力はしていたと思う。

教室の中の明るい男の子に声をかけて友達になろうとしたし、先生が忙《いそが》しそうなときは、気を遣《つか》うような言葉をかけた。女の子が泣いているときも、声をかけた。無論、そういった行為《こうい》は、子供らしい純粋《じゅんすい》さから、なんの恐怖心《きょうふしん》もなく周囲へと振《ふ》りまかれた。

だが、そういった希望に満ちた試みは、常に失敗に終わった。

体育の授業中に、女の子が転んだ。彼女は、泣き叫《さけ》んだ。俺は、彼女の手を取り、保健室へ連れていこうとした。彼女は最初、俺の手を取った。だが、彼女は自分の手を取った相手が俺だと気づくやいなや、勢いよく振りほどく。別の男の子に介抱《かいほう》されながら、彼女は保健室へと向かった。俺の手のひらに、彼女の乾《かわ》いた鼻血だけが残った。放課後の学級会で、なぜか俺は責められていた。「あの子に突《つ》き飛ばされたの」。彼女が指差した先には、俺がいた。

あの歯車の狂《くる》い始める感覚を、思い出しただけでも身の毛がよだつ。

あのころは、万事《ばんじ》がそのような具合だった。

人間の心が本当に傷つくのは、中傷を受けたときではないと気づく。

自分の善意が、まるで泥《どろ》を掴《つか》んで渡《わた》されたかのように他人から扱われたときだ。

力関係が下の人間からの親切心というものを、あらゆる人間が疎ましがるのだということを、俺は学んだ。

俺には、他人の助けとなるための素養が備わっていないのだという自覚が芽生えた。

今にして思えば、それを生来の気質だと信じるのは、早計が過ぎたのかもしれない。

時と共に、俺の中にある自然な学習機能が周囲の人間関係へと及《およ》び続ければ……例えば小学校を卒業するころまでに、背筋を伸ばし、溌溂《はつらつ》とした人格を手にするに至ったかもしれない。

だが、当時の俺にとっては無理な話だった。

誰しもが小学生のときに経験する、永遠にも感じられる一年の長さ……その中で、自らの臆病さを暗闇《くらやみ》として、閉《と》じ込められたような気分になっていると……心が一種の鉱物となる。自らの意志の及ばない、地質学的作用のごとき影響《えいきょう》下において、自分というものが形作られる……光も差さないため、自分が何者であるのかを知覚することもできないままで。

母を頼《たよ》ることなどできなかった。母は一度も、俺の授業参観にすら来たことはない。あの人は、ミシンの前に座《すわ》ると自分に子供がいたことなど忘れてしまう。俺に物心がつく前、同じように夫のことを忘れ、離婚《りこん》している。一度、家庭訪問に来た教師が、皮肉を込めて母に言った。「子供の自主性に任せるには、早すぎます」。母は答えた。「お前と私で何が違う。お前が今口走ったのは、文科省だの教育委員会だの、とにかくそういった連中が、お前が安心して給料を受け取れるようにと作り上げた言葉じゃないか。職業に取り憑《つ》かれていることを自覚している分、私のほうが上等だ。……別に、コイツに友達なんかいなくていいよ」。コイツ、とは俺のことだ。「自主性だの、家族の愛情だの、子供の話を聞いてやるだの……そんな言葉は、何一つ人間の本質を表してない。この世に存在し続けていれば、誰でもいずれ、どうにでもなる。コイツが、自分は生きているということにさえ気づかない間抜《まぬ》けなら、そのうち、それにふさわしいことになるだろうな」

当時の俺を救ってくれたのが、アニメやマンガなどの、いわゆるオタクカルチャーだ。小学校高学年くらいのときに、俺は、そういう文化がこの世にあるのだということを知った。

町には、一軒《けん》だけ本屋がある。その店にある、たった一つのライトノベルの棚……学校が終わった放課後、俺はよくそこを覗《のぞ》きにいく。その棚の前を訪れる、風変わりな客達を見物するために。

太っている人も、痩《や》せている人もいた。スーツを着ている人もいれば、ネルシャツにデニムの人もいる。ただ、（俺の目から見て）共通していたのは、その棚から本を買っていく客達の人格というか、心のようなものが、推測しがたいということであった。

この「推測しがたい」という点が、当時の俺の心をくすぐった。神秘的とも、高尚《こうしょう》さとも無縁《むえん》……ミステリアスなどという横文字もふさわしくない……強《し》いて言うなら、奇怪《きかい》。

教室に居場所がなかった俺は、彼らの所属しているようなカテゴリに、逃げ場所を求めた。

それまでも、アニメ、マンガ、ゲームといったものがこの世にあることは知っていたし、年齢《ねんれい》相応に嗜《たしな》んでもいた。

だが、そういった空想の世界そのものは、俺に単純な快楽を与《あた》えるのみだとも思っていた。だが違った。二次元という空間は、容易に俺の暮らしそのものを助けてくれた。

誰かが作った仮想の物語にのめり込むと、自分の魂《たましい》が、自分という存在から解き放たれる。

人間の心の表面は、鮫肌《さめはだ》に覆《おお》われていると思っていた。そういったものをぶつけ合うだけの現実から、ほんのわずかでも、逃《のが》れることができたのだ。一瞬《いっしゅん》の息継《いきつ》ぎのような救済だけでも、十分にありがたかった。

だから俺は、中学二年生に進級したちょうどその日も……教室の窓際《まどぎわ》、自分の席でライトノベルを読んでいた。電子書籍《しょせき》でなく、紙で。

紙の本はいい。電子書籍より、ずっと好きだ。スマホやタブレットなどの電子書籍を手軽に読むための媒体《ばいたい》は、世界と繋がるための機械、という印象が強く、俺にとって一人きりになりたいときに好んで触《さわ》るようなものではなかった。

紙の本は、どこにも繋がらない。だから、孤独感《こどくかん》を肯定《こうてい》してくれる気がする。

誰もが教室の中で新しい友人を探そうとしているタイミングで本に没頭《ぼっとう》している俺は、目に見えて浮《う》いていた。

それで、よかった。

俺はそうやって、自分で自分を「変なやつ」という記号にする。自分から、人を遠ざける。

他人から声をかけられ、わずかばかりのコミュニケーションをした後に「関わったら損なやつだ」という烙印《らくいん》を押《お》されてしまうよりは、心の傷が浅くなる。

目の前の席に座っている人が、振り向いてきた。

「何を読んでるの？」

黒くて長い髪《かみ》をした、女の子だった。

俺は聞こえない振りをする。

一枚、ページをめくる。偶然《ぐうぜん》、挿絵《さしえ》のページだった。

「可愛《かわい》い絵がついてるね。……ちょっと、見てもいい？」

嫌《いや》だ、と言いたかった。だが、彼女の要求を素直《すなお》に呑《の》んだほうが、この場を無難にやり過ごせるような気がした。彼女に、読んでいた本を手渡《てわた》す。

そのとき俺が読んでいたのは、悪の帝国《ていこく》の奴《ど》隷《れい》兵士が、精霊《せいれい》の女の子の宿るロボットに乗って戦うミリタリー系小説の最新刊だった。ラノベの中では比《ひ》較的《かくてき》、硬派《こうは》な作風のもの。メインヒロインである精霊の女の子は可愛いデザインだが、作品の中にラノベでありがちなお色気シーンなどは存在しない。ラノベの中では、女子に見せてもそこまで恥ずかしくないジャンルの作品。

だったのだが。

「きゃっ」

彼女《かのじょ》が小さな悲鳴を上げ、口元を押さえる。

その手から離《はな》れた本を、俺は慌《あわ》ててキャッチする。

どうして彼女は急に驚《おどろ》いたのだろう。

まさか、と、胸騒《むなさわ》ぎがした。

俺は、その本の中の挿絵のページだけを順番に確認《かくにん》していく。

嫌な予感は的中した。

挿絵の中の一ページに、精霊の女の子がほぼ裸《はだか》で描《えが》かれている。風呂場《ふろば》に主人公でも突入《とつにゅう》してきたのだろう、恥ずかしそうに胸元《むなもと》を隠している。作者が作風でも変えたのだろうか。過去の巻では、こういったセクシー系の挿絵はなかったのに。どうして、この巻に限って……。

進級初日に、女の子に対して下手を打ってしまった。

俺とその女子との間に、気まずい沈黙が下りる。

何か言わなければと、俺が十回ほど、口を開けたり閉じたりした後。

女の子が、言った。

「か、勘違《かんちが》いしないでよねっ。別にこんなの、恥ずかしくもなんともないんだから！　男の子はみんな、こういうの見てるんだもんね。私、知ってるもん！」

顔を真っ赤にしながら、俺《おれ》の目をまっすぐ睨《にら》みつけていた。そして、言葉を続ければ続けるほど自分の初心《うぶ》さが相手を伝わるということを察し、一旦《いったん》口を閉じた。

彼女は、わざとらしい下手な咳払《せきばら》いをした後、仕切り直しとばかりにとびきりの笑顔《えがお》で、再び俺に話しかける。

「私、香月《こうづき》桜。この本、表紙の男の子、カッコイイね」

これが、俺と桜の出会いだった。

彼女は俺が名乗り返すのを待とうとしたが、チャイムと共に教師が教室に入ってきたため、慌てて前を向いた。

俺はというと、チャイムに救われたのか、邪魔されたのか、よく分からない気持ちだった。

あのまま彼女がずっとこちらを向いていたところで、俺はきっと、彼女に自分の名前を告げることはなかっただろう。きっと、目を伏《ふ》せ、嵐《あらし》が去るのを待つように、彼女の視線から逃げ続けていたはずだ。

今はもう、彼女の後ろ姿が目の前にあるのみである。そして、このときの俺は、もう二度と桜が俺のほうを振り向いてくれないのではないかという、現実では絶対に起こりえない事態に対して想像を巡《めぐ》らせ（前後の席である以上、プリントを回す際など、最低限の接《せっ》触《しょく》は必ず今後も行われるはずなのに）、不安を覚えていた。先ほどのチャイムが、俺から、何かかけがえのない機会を永遠に奪《うば》い去ったような気がしてならなかった。

中学生二年生の日常は、一年生のころとは全く違ったものになった。

一年生のころは、授業を受けることと、休み時間にライトノベルを読むことだけが、学校生活の全てだった。

二年生になってからも俺自身は、その二つに関してのみ、懸命《けんめい》であろうと努めた。

そこに三つ目のタスクが、俺の意思に反してもたらされた。

桜の姿を目で追うことが、次第《しだい》に多くなっていった。

桜は、天真爛漫《てんしんらんまん》な性格と、それを周囲に受け入れさせる生まれついての威厳《いげん》を、併《あわ》せ持っていた。言うまでもなく、この二つの性質を両方持っている人間は希少である。

彼女の机の周りには、いつもクラスメイト達が集まっていたが、桜自身は特定のグループに所属したりはしていなかった。

「クラス全員が友達」……などというと嘘《うそ》めいて聞こえるが、桜の当時の学校生活を一言で表現するなら、そう言う他ない。

桜は、自分の席に近づいてきた人間に対して、分け隔《へだ》てなく話しかける。

荒《あら》っぽい口調の野球部男子、深夜まで町をうろついていると噂《うわさ》の不良少女、ドラマに影

響されて官僚《かんりょう》を目指すガリ勉少年、(俺と違って)コミュニケーションに問題がないタイプのオタク……などなど。

そうやって、本来は関わることがなさそうな人間達を、結びつけていく。

反発し合うような性質を持っているように見える生徒達でも、桜が間に入ると会話が弾《はず》んだ。

「僕には一分たりとも無駄《むだ》にする時間はない」だとか言っていた未来の官僚が、野球少年の試合の応援《おうえん》に行き涙《なみだ》を流したり……不良少女が(俺と違って)性格のいいオタク君と一緒《いっしょ》に新海誠《しんかいまこと》作品を映画館にまで見に行ったり。

そういう奇跡《きせき》が、まるでありきたりなことのように、桜の周りでは毎日起こる。

俺はというと、彼女の姿が目の端《はし》に映っただけで、心を掴まれるような気分に襲《おそ》われていた。

彼女に恋人ができないでほしいと、いつからか願うようになっていた。

信じられないことだが、この段階になっても俺は、自分が彼女に恋をしているのだと気づけずにいた。

自分の気持ちを認められず、俺だけは彼女の「奇跡」に巻き込まれないようにしようと努めた。

前の席に座る桜から話しかけられても、最低限の受け答えだけで済ますようにしていた。

だが皮肉にも、運命は桜と俺の二人を、最も強く接近させたがっていたのだった。

ある日。

俺は母に連れられて、国道沿いのファミリーレストランに来ていた。そこでいきなり、良治《りょうじ》さんと、その娘《むすめ》である桜に引き合わされた。

そして、母と良治さんの馴《な》れ初《そ》めや今後のことについて、いろいろと説明を受けた。

話を聞いている間、俺は開いた口が塞《ふさ》がらなかった。

良治さんも自分の娘に対して、まだろくに事情を説明していなかったようだ。桜も、目に見えて唖《あ》然《ぜん》としている。

俺と桜は、「二人で話をさせてほしい」と言って、とりあえず店の外に逃げた。

ファミレスの駐車場《ちゆうしやじよう》の隅で、まず桜が俺に切り出した。

「知ってた？　私のお父さんと風見《かざみ》君のお母さんが、こんなことになってたなんて」

「いえ……全然、知らなかった、です」

「本当、驚いちゃったよねー！」

そう言った後、桜は表情を二転、三転させる。

喜びの色が浮かんだと思えば、何かに気づいたようにハッとしたり、かと思えば、遠慮《えんりょ》がちにこちらをおずおずと見つめてくる。

俺は、小さく手を挙げた。「挙手制とかじゃないよ」と桜に茶化《ちゃか》されて、恥ずかしかった。

「香月さん、もしかしてだけど……『どうしよう、すごく面白《おもしろ》い展開になってきた。クラスのみんなにこのことを話したいな。でも、風見君は目立つの嫌《きら》いそうだから、やっぱり黙《だま》ってたほうがいいかな。でも、私のほうから、私と風見君が義理の兄妹《きょうだい》みたいな関係になったことを秘密にしようと提案したら、風見君と兄妹になるの、私が嫌がってるみたいに聞こえちゃわないかな。どうしよう』……みたいなこと……考えてますか？」

「すっごーい！　どうして分かったの⁉」

それからしばらく話し合い、結局、学校のクラスメイト達には当面、秘密にしておくことになった。

俺は、安心した。

秘密にすることで合意できたこともそうだが……桜が、俺と兄妹のような関係になることを嫌がってはいないと分かって、とても心が温かくなった。

「いつか私達のこと、学校のみんなにお話しできる日が来るといいね。きっと、驚くよぉー！」

国道を通る車のヘッドライトが、控《ひか》え目《め》にフラッシュを焚《た》き続けるカメラのように、桜の黒くて長い髪を縁取《ふちど》っていた。

風見鳳理《ほうり》君……当時はただのクラスメイトに過ぎなかった、地味な男の子。そして、のちに私が「お兄ちゃん」と慕《した》うことになる、運命の人。

父から恋人に引き合わせると連れていかれたファミレスに、お兄ちゃん――否《いな》、ここではあのころのようにこう呼ばせてもらおう――風見君もいた。予想外なことだったけれど、父の恋人の子供が風見君だと知ったときには、純粋な喜びに溢《あふ》れたものだった。当時の私は別に、風見君に対して恋愛《れんあい》感情を抱《いだ》いていたわけではない。だけれど、クラスメイトの一人と予想外な関係を築くことになったということ自体を思いがけない幸運として、私は捉《とら》えたのだった。

そして、確か……その二か月くらい後だったろうか。

私の完璧《かんぺき》な学校生活……当時はまだ「完璧」だと自覚することすらしていなかった世界が、少しずつおかしくなり始めたのは。

はっきりとしたきっかけは、私には分からない。分かりたくもない。

三年の生徒会長から告白されたことにより、上級生の女子達の嫉妬《しっと》を買ってしまったからかもしれない。誰とでも仲良くする私の態度が、かえって誰か一人からの「私と話す時間だけ少ない気がする」という抽象的《ちゅうしょうてき》な恨《うら》みを生み出したのかもしれない。私とよく話していた不良少女が、誰かの子を妊娠《にんしん》してしまい、それが学校にバレて退学になった。不良少女の妊娠を学校に告げ口したのが私だという、根拠《こんきょ》のないデマを誰かが流してしまったせいかもしれない。

いくつかの要因が重なり、私は教室の中で段々と孤立していった。

ある日を境に、私が自分の席の近くにいる誰かに話しかけても、返事をもらえることが少なくなっていった。

七、八人の女子達からなるグループが、私に関わらないよう、周囲に圧力をかけていた。その女子達だって、もともとは私と仲良くやっていた子ばかりだったはずなのに、いつの間にか、私を敵視する者同士としての連帯を深めていた。

そのグループの女子達は、私を中心として繋がりあっていたはずだったが、気がついてしまったのだろう。「最近、絶対的であった香月桜の教室での立ち位置に、翳《かげ》りが見える……そして、もう自分達は彼女がいなくても、友達の集団として十分にやっていける」と。

仲間外れにする、という行為が、ある種の完全犯罪であることを、その女子達は知り尽《つ》くしていた。

教室の中で、日頃から一切《いっさい》の会話をしない者同士は、ざらにいる。誰かのことを集団で無視する、というのは一見大胆《だいたん》な活動にも思えるが、実際は比較的、教師から詰《つ》められた際でもしらを切りやすい嫌がらせの一つなのだ。

次に、私を攻撃《こうげき》する日、というものが水面下で設けられた。

例えば、暴言、悪口などの描かれた手紙を、私のスクールバッグの中に誰かが忍《しの》ばせておく。それを私が見つけた瞬間、教室の別の場所で、女子達の笑い声が響く……もちろん、私のことを笑っていると、直接悟《さと》らせないやり方でだ。例えば……自分達の仲間内で、誰かが面白い冗談《じょうだん》を言ったかのような態度で、大きな笑い声を上げる。すると、私からしてみれば、誰が自分に悪意を向けているかはほとんど明確だが、はっきりと抗議《こうぎ》に踏《ふ》み出せないような状態に陥《おちい》る。そうなると、やりきれない悔《くや》しさの中で摩耗《まもう》していくしかない。

己《おのれ》の天真爛漫さが通用しない環境《かんきょう》というものに、私は初めて身を置いた。これまで自分の基礎《きそ》にある性格だと思っていたものが、実は本来、特殊《とくしゅ》な状況《じょうきょう》下でしか通用し得ない特権に過ぎなかったと自覚することは、苦しかった。

直接の加害者である女子達以外のクラスメイト達は、すぐさま傍観者《ぼうかんしゃ》であることを決《き》め込んだ。

教室の中、私以外の人間は皆《みな》、私の苦悩《くのう》をイベントとして楽しんでいる。教室という小世界の勢力図が変わることそのものを、エンターテイメントとして楽しんでいるように見える。

あれほど賑《にぎ》やかに私を取り囲んでいたクラスメイト達は皆、離れていった。

そういった期間が、七か月、続いた。

お互《たが》いの親に引き合わされてから間もないころに始まった、教室での桜の窮状《きゆうじよう》は、俺にとっても悪夢だった。

まず……クラス担任の教師に相談した。これは愚策《ぐさく》だった。邪険《じやけん》に追い払《はら》われただけで終わった。その教師曰《いわ》く、「桜は教室の中心であり、お前が言っているような問題は起こりえない」。その文言を、彼《かれ》は七か月間にわたって信じ続けた。ただでさえ多忙《たぼう》な自分の耳に、余計な仕事の種が飛び込んでくることがないように。邪険に扱われたのは、俺自身が、先生から良い印象を抱かれていなかったというのも、大きいだろう。高校生になった今でこそ学業の成績を唯一《ゆいいつ》の取り柄《え》とする俺だが、中学二年生だったころは、全く勉強ができなかった。孤立した、頭の悪い生徒。その教師は、相談者が俺であるという時点で、まともに取り合うつもりがなかったのかもしれない。

続いて、親に相談することを考えた。俺の母親なんかにではない。桜の父親である、良治さんにだ。教室での思いつめた表情から察するに、桜は自分の父親に今の苦境を何も相談していなかった。

だが、これも失敗に終わった。

他ならぬ、桜自身の願いによってだ。

あのファミレスで引き合わされた夜、俺と桜はスマホの連絡先《れんらくさき》を交換《こうかん》している。これまではやり取りをしたことは一度もなかったが、今こそ有効活用するときだった。

俺は、「二人で良治さんに相談しよう」と持ち掛《か》けた。

だが、桜はこれを激しく拒否《きょひ》した。

当時、良治さんは昆虫《こんちゅう》学者としての仕事が忙しく、全国を飛び回っていた。大事な研究をしていた時期だったらしい。桜は「自分でなんとかするから、お父さんだけには何も伝えないで」と譲《ゆず》らなかった。心配をかけたくなかったそうだ。

そして、彼女が良治さんに相談したくなかった理由が、恐らくもう一つある。

これは桜が直接口には出さなかったことだが……彼女はきっと、恥《は》ずかしがっていた。

自分がいじめられていると父親に知られることが。

その気持ちは、俺にも痛いほど分かった。

だが、どんなに忙しくても、良治さんは桜の父親だ。それに、優《やさ》しそうな男性だった。桜のためだ。たとえ彼女の意思を無視してでも、この際、俺の独断で――。

そこまで、考えたとき。

小学生のころ、転んで鼻血を出した女の子に手を差し伸《の》べた際のことが、フラッシュバックした。

あの時の女の子と同じように、桜もまた、俺みたいな男から救われても、かえって惨《みじ》めな思いを加速させるだけなのかもしれない……。

強い恐怖《きょうふ》が、俺を襲う。

俺は、良治さんへ相談することを断念した。

それどころか、以降、桜へ話しかけることすらできなくなってしまった。

小学生のころから積み重ねてきた挫折《ざせつ》からくる恐怖心に囚《とら》われ、俺は彼女に声をかけることも、しなくなってしまった。

頼れる人は、もう誰《だれ》もいない。

悪意に満ちた教室の中……頭の片隅《かたすみ》で、何度も空想した。

俺は、椅子《いす》を後ろに倒《たお》す勢いで、立ち上がる。そして吠《ほ》える。「お前ら、中学二年にもなって、こんなくだらない真似《まね》はよせ――」。

言えるわけがない。

どんなに明るくて勇敢《ゆうかん》な気質の人間であれ、この教室でこんな台詞《せりふ》を吐《は》けるやつなんているわけがないと、強く確信した。ましてや、俺なんかが、そんな蛮勇《ばんゆう》を急に振るえるわけもない。

『いったい、どうすればいい？　桜を救いたい。彼女の微笑《ほほえ》みと誇《ほこ》りを取り戻《もど》すためには……』

そう真剣《しんけん》に願ったとき……不思議なことが起こった。

そして、心の中に情熱が湧《わ》いた。青春らしいひたむきさの欠片《かけら》もない、蛇《へび》のような情熱。

自分を変える時が来た。

誰にも悟られぬよう、俺は頭の中だけで、密《ひそ》かに計画を立てた。

翌日……俺は教室の外の廊下《ろうか》で、ある一人の生徒……隣《となり》のクラスの男子に「どうしたの」と声をかけた。彼は何も答えなかった。その顔にはシンプルに一文字、「は？」と書いてあった。当然の反応である。同学年と言えど、彼は俺と、全く会話したこともないのだから。

その瞬間《しゅんかん》……俺は緊張《きんちょう》から、パニックになりかけた。しかし、みぞおちのあたりに力を入れ、なんとか堪《た》える。俺は中学生になって初めて、自分から他の生徒に対し、雑談をしようと持ち掛けていた。

結論から言うと、その日のチャレンジは全く上手《うま》くいかなかった。彼は突然《とつぜん》話しかけてきた俺に対し、不審者《ふしんしゃ》を見る目つきで拒絶《きょぜつ》した。

だが、翌日も俺は彼に話しかけた。

「昨日は、突然話しかけてごめんなさい。君、昼休みはいつも廊下にいるから、前から気になってたんだよ。教室に居場所がないの？」

「殺すぞ」

その、字面《じづら》だけ見ればなんとも物騒《ぶっそう》な一言が、突破口《とっぱこう》となった。彼の「殺すぞ」には、なんの迫力《はくりょく》もなかった。こういった野蛮《やばん》な言葉を上手く言えない生徒は、クラスの中での力関係が弱くなる傾向《けいこう》にある。

俺は彼に、一緒に部活をやらないかと持ち掛けた。当然、返ってきた答えはノーだった（「やるわけねーだろボケ」）。

だが、単純接触効果の妙《みょう》というやつか、最終的に彼は、部のために名前だけは貸してくれる運びとなった。

……このような一連のやり取りを、俺は他にも何人かの生徒に対し同時に進めていた。教室の空気に息苦しさを覚えていそうな生徒を中心に、声をかけていく。結果、新しい部の創設に必要な人数である、五人分の名義が集まった。

かくして、今は使われていない旧校舎三階の空き教室を部室とし、「第二漫画《まんが》研究部」が誕生。幸運なことに、名義を貸してくれた人間のうち二人は、放課後になると部室に顔も出してくれた。二人とも、親との間にトラブルを抱《かか》えているらしく、あまり早く家に帰りたくないらしい。無料で居座《いすわ》れる場所として、この部活を利用してくれるつもりのようだ。

俺はその二人の生徒に対し、「マンガとかアニメに、ほんの少しでも興味を持てる人間なら誰でも歓迎《かんげい》」「部の目標は特にない」「なんなら絵も描《か》かなくていい」「勉強会でもやる？」「お菓子《かし》食べる？」。

この部活がいかにハードルの低いコミュニティかを、繰《く》り返し刷《す》り込んだ。

俺も含《ふく》め、発足《ほっそく》時の第二漫研《まんけん》部員達《たち》は、孤独だった。

だが孤独というのは、非常に共感されやすい感情の一種でもある。

初期部員の二人は、彼らの数少ない知り合いに、第二漫研のことを話した。そして、類が友を呼び始める。一見存在価値がないような部活に、人が集まり始めた。

下級生や三年生の中からも、部を訪《たず》ねる者達が現れた。

俺の作った第二漫研は、日を追うごとに、風変わりな生徒の受け皿という「負のブランド価値」を高めていった。

部室の中で、俺はできるだけ明るく振《ふ》る舞《ま》う。爪弾《つまはじ》き者の集合らしく、コミュニケーション能力に難のある者ばかりの中で、俺はできるだけ輝《かがや》きを放とうとした。

いつしか、俺はこの学校における底辺の群れの王になっていた。

半年が経《た》つころには、第二漫研の部員は、俺を含めて二十三人。その中には、何人かのイレギュラーがごとき生徒達も交じっている。

例えば、足を怪我《けが》したサッカー部の元スタメン男子……友達と彼氏《かれし》を取り合ったあげく気まずくなって、自分の所属していたグループから離れた女子……こういう生徒達は、他の部員達と違《ちが》い、「風変わり」な存在ではない。

そういう普通《ふつう》の生徒達からも、俺の作った部が、暇《ひま》つぶしの場として多少肯定的《こうていてき》に受け取られ始めているということだった。

機は熟した。季節は十月末。文化祭まで、一週間を切っていた。

長く……本当に長く待たせた人に、ようやく会いにいける。

文化祭において第二漫研は、何人かのやる気のある部員で集まって、普段《ふだん》の活動の成果と銘《めい》打《う》ったイラスト、もとい落書きを展示する予定だった。

俺は、部員達から預かったイラストの束を持って、廊下の角を曲がる……。

角の向こうからやってきた誰かと、正面衝突《しょうとつ》しそうになる。

俺の手から紙束がこぼれ、床《ゆか》にぶちまけられる。

俺とぶつかりかけた彼女はかがみこむと、一緒にイラスト達を拾い集めてくれた。彼女はその中の、特に下手な一枚に目を留め、固まった。

「かっこいいだろ。俺が描いたんだ。好きな小説の主人公だよ」

今から口にする一言をスマートに伝えるためだけに、半年を費《つい》やした。

「香月さん、帰宅部だったよな。よかったら、うちの部活に来ないか」

この半年で、俺は最低限の自信をつけたかったのだ。俺が小学生のころからずっと欲《ほ》しがっていた、ある種類の尊厳を。

俺のほうから誰かを気遣《きづか》っても、相手を惨めな気分にさせないだけの、自信。

今の俺は、以前までの俺じゃない。鼻つまみ者集団の長とはいえ、学校の中である程度の存在感を獲得《かくとく》できていた。全く知らない人間が俺について話をしている場面に、何度か通りすがったこともある。

少なくとも、もう小学生のころの俺とは違うはずだった。こちらから声をかけただけで相手を恥ずかしい気分にさせるような人間では、ないはずだった。

『コイツと関われば、メリットがある』……相手から、自然にそう思ってもらえるような人間に、ずっとなりたかった。

これまでの人生経験のせいで肥大化した、他人への恐怖心を押し殺し、部活を利用し、学年を問わず付き合いを広げてきたのは、全てそのためだった。

どんな形であれ、交友関係の広い人間というのは一目置かれるものだ。中学校のような、閉鎖的《へいさてき》な社会では特に。

『今の俺なら、君を救える。君に決して恥《はじ》をかかせない形で』

俺は視線に、そんな意味を込《こ》める。

桜は、死んだ人を見るような目で、しばらく俺を見つめていた。

そして、首を縦に振った。

時を、少し飛ばそう。文化祭が終わり、年を越《こ》し、三学期を終え……春休みを迎《むか》えた日のことだ。

文化祭を期に、俺の狙《ねら》い通り、桜は第二漫研を学校生活における避難《ひなん》場所として利用し始めた。

俺と桜は、再び兄と妹としてのやり取りを再開した。

俺は今、桜の家にお邪魔《じゃま》している。

良治さんは、相変わらず学者として忙しくしているようで、家を留守にしている。

今、この家には俺と桜の二人きり。しかも、時刻は深夜一時五分。

どうして、こんな時間に二人で起きているのかというと……深夜アニメをリアルタイムで見るためだった。

第二漫研が仮にもオタク系部活の看板を掲《かか》げている影響だろうか。桜は、徐々《じょじょ》にオタクカルチャーに興味を示すようになっていった。

お目当てのアニメの放送は、一時十五分から。

俺達《おれたち》はソファに腰《こし》かけ、肩《かた》が触《ふ》れ合う距離《きょり》に座り……一つの毛布に二人でくるまっていた。

眠気《ねむけ》を抑《おさ》えながら、テレビの画面に集中していると……毛布の中の暗闇に、何か光るものが見えた。

桜の、ネイルだった。最近、彼女は、こういったオシャレにもハマりつつあった。

こんなにも明るい色をした、小さい小さい何かを、俺は昔にも見たことがあるような気がする。

水槽《すいそう》。

熱帯魚。

群れて、はぐれて、小さな世界に意味を与えるかのように、泳ぎ回って。

傷だらけの尾《お》ひれが、力尽《ちからつ》きるまで。

今、俺達のいる部屋を満たしているものは、ただの空気に過ぎない。

だが、俺は夜の闇《やみ》そのものが、部屋に充満《じゅうまん》しているように思えた。

電気を消した部屋で寄り添《そ》っていると、これからの何もかもが上手くいくのではないかという気になった。

第二漫研は、もっと大きくなる。

今でこそ、まだ風変わりな者達のシェルター代わりだが、俺達が三年になって数か月も経てば、その役割は終わるだろう。そのとき、我《わ》が部活は、他の部活と変わらないような……「普通の人達」が出入りするような場所になる。

そうなれば彼女はもう、変わり者達の所属する部活に居場所を求めた避難民《ひなんみん》ではなくなる。

……きっと桜は、俺と出会ったばかりのものと同じ笑顔を、また見せてくれるようになるだろう。自分という存在が本来、人の輪の中で生きていても何も臆《おく》することのない、完璧なものであったことを、思い出してくれるはずだった。

桜は最近、自らの性格に対し感じていた自然な誇りを取り戻しつつあるように見える。

これから始まるアニメに対する期待と、まどろみの中。

俺は、自分のことを、誇らしく思った。

桜に出会う前の俺は、自分がここまでのことができるなどとは、思ってもみなかった。

俺は桜のためなら、いくらでも変わることができるのだ。

俺の顔のすぐ側《そば》には、桜の可愛らしい耳があった。そういえば彼女は少し前に、ピアスを開けてみたいと言っていたような気がする。ファッション雑誌で見た人気モデルがつけていたのと同じ物を、自分も身につけたいのだそうだ。

このころの桜は、強い女になりたがっていた。

桜にとって、オシャレをすることはきっと、女としての強靭《きょうじん》さを手に入れるための儀式《ぎしき》だった。

そのために、今度、彼女は耳の軟骨《なんこつ》に――

「全部、夢なんだよね」

――穴を、開けて。

「……え」

「教室で、誰かと楽しく会話したことも。嘘のない世界で友達と生きたことも。温かい恋《こい》の予感も。全部、本当は、存在しないものだったんだよね。…………ねえ、お兄ちゃんはどんな夢が見たい？」

桜の表情は、ひどく穏《おだ》やかだった。

「私は――」

過去から今へと、思考が戻ってきた。

いつもの、ダイニング。

空になったカップラーメンの容器と、黄色く汚《よご》れた汁椀《しるわん》が、俺の目の前にはある。

夕陽《ゆうひ》は、とうに沈《しず》んでいた。

なんとなくキッチンに目を向ける。薄暗《うすぐら》い空間に、空っぽのミキサーが置かれているのが、なぜか目についた。光を反射しているというよりは、あたかも夜が本格的に深まる前の曖昧《あいまい》な闇に対して反発しているかのように、うっすらとガラスの表面を鈍《にぶ》く輝かせている。そのミキサーは、いつぞやのパーティーのときに親切な近所の女性から借りたものであり、そろそろ返却《へんきゃく》をしなければならない頃合《ころあ》いが近づいている。スムージーを作ってみた朝が思い返される。二人の朝。ほんの少しだけ普段とは違った彩《いろど》りを持った、二人の会話……。

不思議な予感があった。

呼ばれて、いるような。

気持ちが、固まった。


昔に来たことがある街を再び訪《おとず》れ、散策している。

いつもなら、学校でお昼ご飯を食べている時間だったが……今は、あまりお腹《なか》が減っていなかった。

私は適当にサンドイッチでも食べようかという気分になり、喫茶店《きっさてん》に入ると、窓際の席に腰かける。

テーブルに肘《ひじ》をつきながら、中学時代の苦い記憶《きおく》を思い出す。

そして長いため息を吐《つ》いた。

私は今、家出をしている。その原因――――というより、もはや起爆剤《きばくざい》と表現したほうがいいかもしれない――――は、家出前夜にお兄ちゃんから伝えられた、彼の友人に関する情報だった。

それを聞いた私は、強い焦燥《しょうそう》に襲われた。

フラッシュバック、というのだろうか。

中学時代、私はクラスメイト達との関わり方を把握《はあく》できていなかったせいで、陰惨《いんさん》なことになった。そして高校生となった今、かつての反省を活《い》かし完全に掌握《しょうあく》できていたと思っていた教室の空気は、私の与り知《あずか》らぬところで、呆気《あっけ》なくほころびていた。

それだけで、私は驚くほどズタズタになってしまった。

窓の外……五月の陽気の中、店先の通りを歩く人達。

それをぼんやり眺《なが》めていると、たかが家出先に大層な場所を選んでしまったという実感が襲ってきた。

それと同時に、気がつく。

何気なく入った店のはずだった。しかし、昔、父に連れられこの街を訪れた際にも、私はこの店に来ている……。

遅《おそ》かれ早《はや》かれ、この店には一度足を運ぶつもりではあったけれど。

こんな、小さい店だったのか。

私の身体《からだ》が昔より大きくなったせいなのか、どこかジオラマチックに感じてしまう。

昔頼《たの》んだメニューは、まだ残っているようだった。

「君カワイイね、今一人？」

「よかったら、一緒に食べない？」

突然声がしたので驚いた。隣を見ると、地元民風の男が二人立っている。……いわゆるナンパだろう。こういった下らない男に声をかけられても、いつもは怒《いか》りを覚えるだけで済むのだが……今は、そこに惨めさもプラスされる。

「いや……てか……」

「あ、うん……」

ナンパ男達の言葉が、不意に途切《とぎ》れ途切れになる。私は彼らに対して何もしていない。一瞥《いちべつ》すら向けず、店の隅《すみ》にある名前も知らない観葉植物のほうへと顔を背《そむ》けている。

「よ、よく見ると、か、可愛《かわい》すぎじゃね……」

「あ、ああ……正直めっちゃ今ビビッてる……俺達みたいなのが声かけて大丈夫《だいじょうぶ》……？」

男達はテーブルの側で二人して棒立ちになっている。身体はカチンコチンに固まっているようだったが、口だけはせわしなく動き続けていた（「お前だよな、最初に声かけようって言ったの」「いや、俺ではなかった気がする。絶対にお前だ」「バカかよ。彼氏いるに決まってんだろ」「いや一周回って、いないまであるんじゃね」「それか二人以上いるかだよな」「どっちにしろ無謀《むぼう》だろ。今すぐ逃《に》げ出そうぜ」「そうしたいけど、一周回って逃げ出すほうが怖《こわ》い。逃げた男って、この子に思われたくない」「分かるわー」「いや待て！

ていうかこの子に彼氏がいないオア二人以上彼氏がいるなら、一周回って俺達が声かけても大丈夫なんじゃね！　彼氏がいないならなんも後ろめたいことないし、二人以上彼氏がいるんなら、俺達もワンチャン意外と楽に仲間に入れてもらえるんじゃ」

何周回れば気が済むんだよ。

いい加減、そろそろ店員を呼んで追い払ってもらうかと思っていると。

私の向かい側の椅子に、いきなり何者かが腰かけた。

ナンパ男二人は「なんだよ、連れがいたのか」と納得《なっとく》してその場を………退いてはくれなかった。

私の前にいきなり座《すわ》ったその彼は、一見するといかにも冴《さ》えなく、私のような派手な見た目の女を「連れ」にできる器《うつわ》には、見えないのだろう。

彼が、言う。

「こいつ、俺《おれ》の、女、なんで」

変な喋《しゃべ》り方《かた》。一言一言を細かく区切ることで、絶対に台詞を噛《か》まないようにしているみたいに。

ナンパ男二人が、顔を見合わせる。今目の前で何が起こっているのか理解できていなそうな、間抜《まぬ》けな表情を浮《う》かべている。

私の口から、言葉が零《こぼ》れる。

「……お兄ちゃん」

それを聞いたナンパ男二人は、去っていった。急に現れた彼が私の兄であることに納得してくれたのか、状況についていけなくなっただけなのかは、分からない。

私はお兄ちゃんに、尋《たず》ねる。

「どうして、ここが分かったの」


「良治さんに聞いたら、一発だったぞ」

そう、一発だった。

俺は桜を捜《さが》すため、まず彼女《かのじょ》の父親である良治さんに電話して相談した。

それは、中学二年生だった俺が彼女のためにとった手段とは、まさに真逆のやり方だった。あのころのような、いろいろと理由をつけて選択《せんたく》した遠回りとは違う。問題を早く解決することだけを最優先にした方法。

『桜を家出させてしまって申し訳ありません。こんな自分でも少しは信用してもらっているからこそ二人暮らしをさせてもらっていたはずなのに、それを裏切ってしまい、ごめんなさい』。事情を聞いた良治さんはまず、こんな俺のことすら労《いた》わってくれた（『大丈夫。一人で抱え込むことだけが誠実さじゃないし、自分一人でなんとかしなくてはと思うことだけが責任感じゃないからね』）。

良治さんに対し、俺は桜の行先に心当たりがあると告げた。借り物のミキサーでスムージーを作った日の朝の会話……桜が昔、父親と行ったことがあるという温泉街。『もう一度心から泣きたい気分になったら、また行ってみたいな』。あのときの桜の表情が、頭から離《はな》れなかったのだ。最初は、衝動的《しょうどうてき》な家出の先の選択肢《せんたくし》としてはナンセンスだと思っていた。が、考《かんが》え込めば考え込むほど、桜がその場所を選んだのではないかという気がしてきたのである。

かくして大当たりだったというわけだ。

もちろん、今回の家出にしたって、俺の口から良治さんに相談するのを桜が歓迎していない可能性もあった。中学生だったころ、彼女が自分の事情を父親に相談することを拒絶したように。

しかし俺は今回、一時も早く桜に会うことだけを優先した。

桜が家出をしてから、俺が良治さんに電話をかけるまでの時間。

俺は自分と彼女との間に、途方《とほう》もない距離ができたかのように感じていた。

それは呆気なく縮まった。

俺は今、ここにいて、目の前には彼女がいる。


「イタリアから桜のこと、すごく心配してた。桜のスマホ持ってきたから、きちんと後でお礼の電話しとくんだぞ。……まさか、東京から出てるなんて思わなかったよ。この辺り、良治さんと関係の深い旅館があるんだってな。娘のお前なら、何も事情を聞かれずに泊《と》めてもらえたってわけだ。……昆虫学者が、どうして旅館の女将《おかみ》と知り合いなんだ?」

「昔、この辺りの再開発が問題になったとき、地質や生態系を調べるために協力してあげたんだって。あと、お父さん謎《なぞ》にモテるところあるから、もしかしたら、昔の恋人《こいびと》とかなのかも」

「へえ」

「お兄ちゃん、学校は?」

「サボった」

「さっき……私をナンパしてたやつらに言ってた台詞、あれ、何」

「旅のスパダリは掻《か》き捨てって言うだろ」

私の心は、自分達の家のダイニングで顔を合わせているときみたいに、落ち着いてしまった。

いつもの、お兄ちゃんだった。

「言わないよ」


お兄ちゃんがメニューをめくる。

「喉《のど》がカラカラだ。……俺はオレンジジュース」

「じゃあ私も」

お兄ちゃんはといえば、唇《くちびる》の端《はし》を右側だけ釣《つ》り上げた奇妙《きみょう》な表情をしている。

クールにキメているつもり……なんだろう。


桜が泊まっている宿に、今晩は俺も泊まることにした。

そこは、本館から距離のある落ち着いた離れで、風呂《ふろ》付きの客室だった。家出先としては、優雅《ゆうが》すぎる。

風呂のドアを開けると、既《すで》に桜は湯船に浸《つ》かって蕩《とろ》けていた。

「身体洗ってるところ見られたくないから、少し向こう向いてもらえるか」

「…………うん」

俺は頭から、熱いシャワーを浴びた。

そして、ここまで桜を追いかけてきて、一体俺は彼女に何を伝えたかったのかということを、頭の中でまとめ上げた。

シャワーの湯が、昨日から心の中に沈んでいた澱《おり》を、洗い流してくれた気がする。時間をかけて髪《かみ》を洗い、身体を洗い……湯船に浸かる。

桜が、側に寄ってくる。

素肌《すはだ》の肩と肩が触れ合う。

「……待たせたな」

「全然。お兄ちゃん、身体洗うの早いもん」

「そっちじゃなくて、その……家出した桜の元に駆《か》けつけるのが遅くなってすまなかったって意味だ、今のは」

「……謝《あやま》らないでよ。まだ、家出して一日しか経ってないし。ていうか私こそ、昨日は家から逃げてごめん」

「俺は、いつだって桜を待たせてばかりだ。……中学生のときのこと、話していいか」

「うん」

「あの時期……桜は傷ついてた。そして俺は、臆病《おくびょう》だった。……桜の気持ちを考える振りして、本当は自分を守りたかったんだ。壮大《そうだい》な計画を練り上げることに酔《よ》って、あえて迂《う》遠《えん》な方法を取ることで時間稼《かせ》ぎをしていた。……馬鹿だったよ。教室でナイフを振《ふ》り回したほうが、まだ建設的だった」

湯船は、四、五人で入ってちょうどいい広さだった。こうして二人で寄り添っていると、もったいないような気さえする。

「今でも、夢に見ることがあるんだ」

勇気を出して、俺は言った。

「中学の制服を着て、誰もいない教室に立ってる夢。俺が、馬鹿げた部活に精を出している間に、別の誰かが桜にあっさり話しかけて、そのまま仲良くなる夢。桜のつらかった時期はあっという間に終わって……」

彼女の心の傷は浅く済んで。傷痕《きずあと》も残らないまま、桜は高校生になる。そして教室の中心で笑い続ける。裏表のない、俺と出会ったばかりのころの屈託《くったく》のなさで。心の底から周りにいる友達のことを信じて、幸せそうに。

「俺とは違う誰かと、一緒《いっしょ》に笑顔《えがお》を浮かべて……」

繰り返し見る夢のことを、初めて桜に話した。

それは俺がずっと胸のうちに隠《かく》していた、暗い欲求の告白だった。

桜が俺の側にいることに対し、俺は心のどこかでずっと罪悪感を覚えていたのだ。

中学時代、俺は判断を間違《まちが》えた。自分が傷つくことを恐《おそ》れ、回りくどい道を選んだあげく、それを勇敢な行動だとすら信じていた。その結果、桜をあまりにも長い間、苦痛の時の中に置いてしまった。そんな自分が、今こうして桜の隣にいることは、許されるのだろうか……。


夢の中に出てくる、桜の隣にいる男に、顔はない。その男の正体は、俺という人間の抱える後悔《こうかい》だ。後悔が夢の中で実体を持ち、桜の隣に立っている。人の形をした後悔は、俺へと顔を向けることはない。しかし、言外に語る。『安心しろ、桜は俺が救い出した。お前とは違う、もっとスマートなやり方で。俺の隣にいる桜は、お前のことなんて知らない。俺が責任を持って、お前と桜を他人のままにしておいてやる。それがお望みだったんだろう？』


夢を見るたびに俺は、悲しむ。しかし同時に、それを凌駕《りょうが》する強い安堵《あんど》に包まれる。

高校に上がってからの、桜との秘密の暮らしは幸福なものだった。しかし、暮らしが幸福であるほど、桜の中に残っている癒《い》えない傷痕……否《いな》、いまだ血が止まらない傷を前に跪《ひざまず》きたいような気持ちになる。

俺さえもっと賢明《けんめい》だったなら。

今の二人の暮らしより、もっと幸福な現実が存在したはずなのだ。

「お兄ちゃん以外の人が私を助けてくれていたら、なんて、そんなこと考えたこともないよ。でも……」

俺がもう少し勇敢であったなら、きっと……。

「そうだね。もしかしたら、そういう別の世界もあったかもしれないね」

そっと、桜は目を閉じる。俺は断罪を待つ気分だった。『そんなの考えたこともない』という桜の言葉を信じるのなら……彼女は今、初めて、想像の中で触れる。

今よりもっといい自分。もっといい恋人。もっといい現実。

何を思い、どんな答えを出すのだろう。

やがて桜が、ゆっくりと目を開く。

「ちょっと前にさ、お兄ちゃん、私に聞いたじゃん？　『俺のどこが好きなんだ』って。あのとき……実は私、嘘《うそ》ついてたんだ」

「嘘？」

「お兄ちゃんのこと、ヒーローみたいって言ったけど……私が今もお兄ちゃんと一緒にいるのはね……中学生のときに私を助けてくれたからじゃ、もうないんだよ。……毎日、一緒に暮らして、ときどきは喧嘩《けんか》もするけど……お兄ちゃんと一緒にいると心地《ここち》いいから……毎日毎日、段々好きになってくから……ずっと一緒にいたいって、ゆっくり一歩ずつ、思えるようになっていったんだよ。……あのときは、恥ずかしかったから正直に言えなかっただけ。お兄ちゃんは優しいから、中学生の時に、もっと私のこと早く助けられたかもしれないって、ずっと悩《なや》んでたんだよね。気づいてあげられなくて、ごめんね。でも――」

桜の指先が、俺の頬《ほお》を撫《な》でる。

「そんなこと、もう気にする必要はないんだよ」

その言葉が、胸にしみた。桜の指先の感触《かんしょく》に、俺の顔がじんわりと痺《しび》れた。

「もし、お兄ちゃんの夢の中で出てきたような男の人が、あのころの私をさっさと助けちゃったとしたらね、もちろん、私はすぐ楽になってたんだと思う。その瞬間だけは、きっと、もしかしたらお兄ちゃんが助けてくれた方法より幸せになれたかもね。だけど、今の私の幸せには絶対に追いつけないよ」

「今の、幸せ？」

「お兄ちゃんとアニメ見て、お兄ちゃんとマンガ見て、お兄ちゃんと一緒の食卓《しょくたく》でおいしいもの食べて、一緒に高校通って、おいしいもの食べて、ときどき周りに私達の秘密バレそうになっちゃって、お兄ちゃんに怒《おこ》られて、同じマンションのお姉さん達と遊んで、おいしいもの食べて……あはは、何回おいしいもの食べるんだろうね」

桜の笑いは、もう乾《かわ》いていなかった。段々と、いつも俺と一緒にいるときに見せてくれる屈託のなさが、戻ってきていた。

「歪《いびつ》な何かを抱えてても、どこかが罅《ひび》割《わ》れてても、私は今が幸せだもん。お兄ちゃんと一緒に暮らせるなんて、夢みたいだもん。お兄ちゃんが思うお兄ちゃんよりかっこいい人が、昔の苦しんでた私を一瞬《いっしゅん》で助けてくれたとしてもね……その人は私を、今の私より幸せにすることはできない。お兄ちゃんが一緒に積み重ねてくれて、どんどん幸せになっていく私には、絶対に追いつけないんだよ」

何かが解けていくような、感覚。

そうだ、俺は何を勘違《かんちが》いしていたのだろう。

俺はずっと桜が、中学生のころの経験のせいで変わってしまったと感じていた。彼女を上手く救えなかった自分はもう償《つぐな》いようがないのだと、思っていた。つらい記憶と、それが自身に与《あた》える影響《えいきょう》を引きずり続けるしかない桜に対し、胸を痛めていた。

だが、俺自身がいつの間にか、中学生のころの記憶に囚《とら》われていたのかもしれない。もしかしたら桜以上に。

当の桜は、中学生のころの悲劇から力強く一方踏《ふ》み出そうと戦っていたのに。

俺は、高校生になってからの桜の何をこれまで見てきたのだろうか。

矛盾《むじゅん》を抱えたり、非合理的な方向へ進もうとしつつも、桜は自分なりに強くあろうとしていたのに。

「私……昨日、お兄ちゃんと話してて、怖くなった。お兄ちゃんが本当に好きなのは、出会ったばかりのころの私だって、気づいてたから。お兄ちゃんは私のこと、いつも気にかけてくれるよね。私、色んなこと考えて、逃げ出したくなっちゃって……学校のみんなには私達のこと秘密にしておきたいっていうワガママも、頼むべきじゃなかったのかなって」

桜が、顎《あご》の先を湯につける。お湯の温かささえ刺激《しげき》になって、桜を小さくしていくような気がした。そんなことを考える俺は、そろそろ上《のぼ》せかけているのだろうか。

「いつからかさ、どうしたら上手く生きられるのか、よく分からなくなっちゃったんだよね」

仮に、今の桜の友達がこの発言を聞いたなら、首を傾《かし》げることだろう。

いつもの高校の教室での桜を思《おも》い浮かべてみる。輪の中心ではしゃぎ、様々な生徒の元へと自在に飛び回る彼女は、まさしく自由の象徴《しょうちょう》に見える。しかし、本当はそうではないのだ。

俺以外は誰《だれ》も知らない。あの中学での日々の中で、彼女は決定的にズレて、罅割れてしまった。高校の教室での彼女は、本当の彼女ではない。他の皆《みんな》が知っている天真爛漫《てんしんらんまん》さは、真実ではない。

俺の背筋に、湯の温かさを上回る甘《あま》い刺激が奔《はし》った。それは、暗い刺激。

自分だけが桜について本当のことを知っている……彼女のことを救えるのは俺だけ。そして、彼女をそんな存在にしたのは、俺の愚行《ぐこう》が原因。罪の中に甘さが、甘さの中に罪がある。その味を噛みしめるとき、俺は全てを投げ出したいような焦燥と、逆に全てを抱《だ》きしめたいような切実さに襲《おそ》われる。

「強くならなくちゃって、思ってるの。クラスの中心の子達とはしゃぐ真似《まね》をしてれば昔の自分に戻《もど》れるのか、モデルの仕事して派手な格好してればライオンが鬣《たてがみ》を生やすみたいに強くなれるのか……もう何もかも吹《ふ》っ切っちゃって、お兄ちゃんにべったりしてようか、とかね、あはは」

桜が俺に肩を寄せる。

俺は桜の肩を抱いた。そうされることを桜は期待していたわけではなかっただろうが、そうされることを事前に分かってはいたようだった。何も言わず、俺の腕《うで》の中に収まってくれた。

「秘密にしよう」

「え？」

「俺達の関係のこと。これからも極力、他人には話さないようにしよう。桜の話を聞いて……はっきり、そう思った。どんなに不合理でも、今はそうしたい。これからも学校では他人の振りをしながら、家で一緒にアニメを見よう。二人でいるために桜がそうしたいと思うなら、それだけが理由でいい」

秘密にする。そう俺ははっきりと宣言した。桜が家出する前……俺は態度を決めかねていた。だが今は違う。迷いはなかった。

「桜が黙《だま》って家出してさ……やっぱり俺、怖かったよ。このまま全部終わったらどうしようって、不安だった。いつも、ずっと一緒にいたいと考えてはいた。だけど、いつまで一緒にいられるのかって頭を過《よぎ》ることもあった。そういうとき、これまでの俺は……大体の場合、達観した振りをしてやり過ごす」

かつて、秋野《あきの》さんとパンケーキを作りながら交《か》わした会話。「俺と別れても桜にはまたすぐに新しい恋人ができるだろう」だとか、桜と別れた後の冴えない俺がどんな人生を歩むことになるかといった、人生のビジョン。

そういった展望は、実は自然的に俺の心の中に湧《わ》いてきたものではなかったのだ。桜と別れた後のことを想像し「まあそんな未来もあるよな」と独《ひと》り言《ご》ちてさえいれば……いざ別れの時が来ても、傷は浅く済むような気がしていた。そんな気休めの安心感を得るために、俺の弱い心が生成した展望だったのだ。

「でも、もうそれじゃダメなんだ」

今回の桜の家出は、俺が内面でひっそりと行ってきた、そういった卑小《ひしょう》な精神活動を全て否定してしまった。

彼女を失う準備なんて、どうやったって絶対上手《うま》くいかない。

そのことに気づかされた。

「贅沢《ぜいたく》を言えば、永遠が欲しい。もし、俺達《おれたち》が別れることがあったとして……俺は今後の人生、誰とも付き合わずに一人きりかもしれない。もしかしたら呆気なく別のパートナーができて、子供とかが生まれる日が来るのかもしれない。だけど、それがどんなに穏やかな日々だったとしても、嫌《いや》なんだ。桜と離れて、大人になって、昔を振り返りながら……クラスで一番可愛い女の子と食事をしたことがあるなんて誰にも言いたくない。俺達の生きている今が、そんな風に過去になってしまうなんて嫌なんだ」

桜の目を見つめる。

「過去のことに関して、後悔はある。でも、もう、桜の側にいるのが俺以外の誰かのほうがよかったんじゃないかなんて思わない。さっきの桜の言葉で、改めて気がつけたんだ。

……中学二年生の教室で初めて会った日、前の席に座る桜が振り向いてくれたときから、一貫《いっかん》して、桜のことだけが大事だって」

桜の顔が、赤く染まった。俺はというと、湯の温度がようやく身体の芯《しん》にまで届いてきたかのように、火照《ほて》っていた。

「明日、一緒に家に帰ってくれるなら……これから先も、ずっと」

桜は、頷《うなず》いた。

俺は彼女の頭に手を載《の》せる。温かく湿《しめ》った髪の毛の手触《てざわ》りが心地よかった。

しばらく、そうしていた。

エピローグ

旅館で一夜を過ごした後。

俺達は家に帰って来た。

その翌日の朝のこと。

朝の身支度《みじたく》を終えた桜《さくら》が、リビングへとやって来た。いつものように着崩《きくず》した制服をバッチリと決め（変な言い方だが）、耳元のピアスはゴテゴテキラキラと輝《かがや》いている。

「それじゃ行ってくるね、お兄ちゃん」

「ああ。行ってらっしゃい」

俺はというと、桜とは対照的なパジャマ姿。髪の毛にも寝《ね》ぐせがついたままだ。

新鮮《しんせん》な感覚。一緒に暮らしていることがクラスメイト達にバレないよう、俺と桜はいつも登校時間をずらしている。いつもは俺が先に家を出て、その後にメイクなどを終えた桜が遅刻《ちこく》ギリギリの時間に家を出る。だから、こんな風に俺が桜の登校を見送るのは初めてだった。

今日、俺は学校を休む。そして桜だけが登校する。俺は明日から登校を再開しようと思っていた。

俺達は昨日までの数日間、一緒に学校を休んでしまっている。同じタイミングで登校を再開すると……周囲に何かを勘繰《かんぐ》られることもあるかもしれない。一日ずらすだけでも、少しはクラスメイト達からの印象も変わってくるだろう。俺は一日程度休んでも勉学に支障はないが、桜は違《ちが》う。だから桜のほうが早く登校を再開する。合理的……とまでは言い切れないものの、二人の秘密を守るためという目的を意識するならば、気休め程度にはなる立ち回りである。

しかし、いってきますの挨拶《あいさつ》のためわざわざリビングにまで訪れた桜の顔には、どこか不満げな表情が浮かんでいる。

「……何か言いたそうだな。『お兄ちゃんだけもう一日休んでずるい』と本当は思っているが、自分からはそんなこと言い出せない。だろ？」

きっと桜は「どうして分かったの⁉」と驚《おどろ》くだろうと俺は思っていた。実際は違った。桜はどこかいじけた様子で、下を向いてしまった。桜が上目遣《うわめづか》いで俺を窺《うかが》う。

「ずるい、ていうかさ」

小さく、桜は零した。彼女が声の大きさを絞《しぼ》ると、自然と俺は「聞いてあげなければならない」という気分にさせられた。

「お兄ちゃんがいない教室、寂《さび》しいなーって。ファッションに気を遣《つか》うのも、クラスの中心で笑うのも、したくない友達付き合いも、どうすれば強い人間になれるか探すためだけどさ……そういうの全部、できればお兄ちゃんに見ててほしいんだよね。そうじゃないと、私が今やってることって本当にお兄ちゃんと生きていくための役に立ってるのかなって、不安になっちゃうから」

　整えたばかりの髪の毛の先を指でいじいじとしながら、桜は言う。人差し指に巻きつけた美しい髪が解放されると、まるで何事もなかったように、桜という美しい少女を構成するパーツの一部へと戻っていった。

　桜はハッとした様子で、今度は両手を顔の前で合わせる。

「ごめん！　やっぱ今のなし！　お兄ちゃんのこと一人で置き去りにして家出してた私が何言ってるんだって感じだよね！　私、マジで自分のことしか考えてなさすぎ！　いやー、我ながら今のない！　ないわー！」

　桜は赤らめた顔の前でぶんぶんと手を振り、表情を隠した。

「そもそも、自己満っぽいところもあるしね。自分を安心させたいのかお兄ちゃんを安心させたいのか、正直分からないんだ。自分が今何をしてるのか、意味なんて何も分かってなくて。……お兄ちゃんと、この部屋でさ、ずっと一緒にいるだけで一生が全部終わってくれたらいいんだけどな。夜が来れば朝が来て、お腹もすく。当たり前のことだけどさ、結構残酷《ざんこく》だよね。んー、しんどい。あははは」

冗談《じょうだん》めかして、桜は言う。

家出の間に醸成《じょうせい》されたアンニュイさの残滓《ざんし》みたいなものが顔を出したのを、俺は感じ取った。

今日の彼女の爪《つめ》の色は青だった。桜は玄関《げんかん》のほうへ向かおうとする。登校時間が迫《せま》っている。

俺は猛烈《もうれつ》に、彼女の背中に何かを言わなければならないような気がした。

どんな言葉をかけるべきだろう。時間がない。

「今晩は、おいしいものを食べよう」

俺の口が、勝手に動いた。

桜が振り向く。俺は、自分がなんでそんなことを言ったのか分からなかった。今自分の口にした言葉が、彼女を引き止めてまで言うべきことだったと後づけして取り繕《つくろ》うため、慌《あわ》てて喋り続ける。

「何か、手の込《こ》んだものを作ってみるよ。手間のかかった……とても普段《ふだん》の俺が作りそう

にないものを用意して、帰りを待ってる」

どれだけ言葉を継《つ》ぎ足しても、凡庸《ぼんよう》なセンテンスが延々と続く結果にしかならなそうだった。

虚《きょ》を衝《つ》かれたような表情を桜は浮かべた。しかし次第《しだい》に、その表情は笑《え》みに変わっていく。

「じゃあ私も、いつも以上に楽しみにして、お腹を空《す》かせて帰ってくるね。今日も頑張《がんば》る」

リビングのドアの向こうへと、彼女は消える。靴《くつ》を履《は》く音、ドアの開く音、閉まる音
……家の中から桜の気配が消えた。

家の中、これで一人きり。

俺はソファに腰《こし》かける。

テレビのリモコンに手を伸《の》ばしかけるが、途中《とちゅう》で引っ込めた。

平日の朝……いつもなら家を出ているはずの時間帯にのんびりとしていると、なんだかそわそわとした気持ちになった。

俺の内心の逸《はや》りとは真逆に、時間そのものはゆっくりと過ぎていく。

胸がどきどきとしているのに、頭の芯がやんわりとしている。

眠気《ねむけ》が襲ってきた。ソファに身体を横たえる。休日でも二度寝《にどね》なんてしたことがないの

に。どうして自分の身体が眠《ねむ》りたがっているのか、俺は自分なりに分析《ぶんせき》する。

桜の短い家出……それは俺の心に、思った以上の材料を与えていたらしい。桜だけが学校に行って、俺も明日から学校に行くことになっていて……今のこの時間は、非日常からの帰還《きかん》と日常への回帰が同居している、不思議な時間である。今日にしか噛み砕《くだ》けない多くの何かが、きっと俺の中にまだ残っていたのかもしれない。それも、目が覚めている間に思考するのでなく……言語によって触《ふ》れることのできない、無意識のみによって均《なら》される性質を持つ何か達が、眠りの中でまぜこぜになりたがっている……。

ぼうとする頭の中で、断片的《だんぺんてき》な記憶と感情達が行き交った。

学校での立ち位置。高校で出会った友人達、彼《かれ》らの不器用な善意。同じマンションの住人から見透《みす》かされた、俺と彼女の繋《つな》がり。彼女のいないダイニング。窓から差し込む夕陽。中学生の自分が彼女を救うために取った、あまりにも愚鈍《ぐどん》な手段。必死に手を伸ばすこと、迂遠な道を選ぶことが同意義だった血の季節。

初恋《はつこい》の対象。黒くて長い髪をした、穢《けが》れのない生き物……のちに俺の恋人となった、そして、もう永遠に俺と出会うことはない、彼女。

俺なんかと出会わなければ良かったのではないかという不安。それを彼女自身が拭《ぬぐ》ってくれた。

高校での彼女は明るく、大胆《だいたん》で、教室中を打算なく動いているように見える。だけど実際は、硝子《ガラス》の心と、周囲への怜悧《れいり》な無関心を内側に宿している。彼女は、初めて会ったころとは変わってしまった。

俺は小さく微笑《ほほえ》む。永遠に変わり続けていくがいい、それがかえって、二人の間にある絶対に変わらない領域を浮き彫《ぼ》りにすることもある。今は、そんな風に考えることもできるようになっていた。

全てが混然一体となり、俺の頭の奥深《おくふか》くで、一つの味になる日が来るのだろうか。きっと死ぬまでまとまることのないそれを、俺はこれからもずっと、かき混ぜ続けていくのだろう。

俺はどんな大人になるのだろう。

俺はまだ、自分で金を稼いで生きているわけではない。高校生の分際でわずかにでも悟《さと》った気になるのは傲慢《ごうまん》かもしれないけれど。

これが、「暮らし」なのだと思った。そして、俺と桜のそれは、まだ始まったばかり――。

ソファに横たわりながら、俺はゆっくりと目を閉じる。

キッチンの鍋《なべ》に火がついているわけでもないのに、ふと、鼻先に芳《かぐわ》しい匂《にお》いを感じたような気がした。
そして少しの時間、眠った。
夢は、もう見なかった。

あとがき

昔何かの本に書いてあったのですが、新婚《しんこん》の喜びは二年前後しか続かないそうです。それ以降も幸福な関係を維持《いじ》している夫婦は、やはり幸福な暮らしを守るために努力しているそう。つまりどういうことかというと、幸福を求めるなら、人生にゴールなんてないのですね。そして幸福というのは、いついかなる状況でも心持ち一つで自由に感じられるようなものでもないでしょう。そんなあやふやな匂《にお》いを延々《えんえん》追いかけながら生きていかなければならない人間という生き物は健気《けなげ》だな、と、この本を書きながら強く感じました。

この小説は「健気」の物語。

魂《たましい》を込めて書き上げたつもりです。楽しんでいただけたなら、幸いでございます。

この本を手に取ってくださった読者の皆様へ、最大の感謝を。

心より、ありがとうございます。

HJ文庫 https://firecross.jp/
1180

クラスで一番かわいいギャルを餌付けしている話

2024年7月1日　初版発行

著者――白乃友

発行者―松下大介
発行所―株式会社ホビージャパン

〒151-0053
東京都渋谷区代々木2-15-8
電話　03(5304)7604（編集）
　　　03(5304)9112（営業）

印刷所――大日本印刷株式会社

装丁――小沼早苗（Gibbon）／株式会社エストール

Printed in Japan

ISBN978-4-7986-3580-4　C0193

ファンレター、作品のご感想
お待ちしております

〒151-0053　東京都渋谷区代々木2-15-8
(株)ホビージャパン HJ文庫編集部 気付
白乃友 先生／ぶし 先生